U0526869

名画里的古诗词

唐诗三百首

吉美古典文学编写组 编

吉林美术出版社 全国百佳图书出版单位

图书在版编目（CIP）数据

名画里的古诗词. 唐诗三百首 / 吉美古典文学编写组编. — 长春：吉林美术出版社, 2023.5（2025.4重印）
ISBN 978-7-5575-7454-3

Ⅰ. ①名… Ⅱ. ①吉… Ⅲ. ①唐诗－诗歌欣赏－通俗读物 Ⅳ. ①I207.2-49

中国版本图书馆CIP数据核字(2022)第185531号

名画里的古诗词 唐诗三百首
MING HUA LI DE GU SHICI TANGSHI SAN BAI SHOU

编　　者	吉美古典文学编写组
责任编辑	刘璐　李阳
助理编辑	王竟晗
开　　本	787mm×1092mm　1/16
印　　张	25
印　　数	10001—15000册
字　　数	313千字
版　　次	2023年5月第1版
印　　次	2025年4月第3次印刷
出版发行	吉林美术出版社
地　　址	长春市净月开发区福祉大路5788号
	邮编：130118
网　　址	www.jlmspress.com
印　　刷	吉林省吉广国际广告股份有限公司
书　　号	ISBN 978-7-5575-7454-3
定　　价	78.80元

目录

咏物诗 ………………………………… 1

在狱咏蝉　骆宾王 ……………………… 3
感遇十二首（其一）　张九龄 ………… 4
早梅　张谓 ……………………………… 5
感遇十二首（其七）　张九龄 ………… 6
咏鹅　骆宾王 …………………………… 7
风　李峤 ………………………………… 8
咏柳　贺知章 …………………………… 9
相思　王维 ……………………………… 10
春雪　韩愈 ……………………………… 11
古朗月行　李白 ………………………… 12
马诗二十三首（其四）　李贺 ………… 14
房兵曹胡马　杜甫 ……………………… 15
春夜喜雨　杜甫 ………………………… 16
小松　杜荀鹤 …………………………… 17
蜂　罗隐 ………………………………… 18
夜雪　白居易 …………………………… 19
菊花　黄巢 ……………………………… 20
菊花　元稹 ……………………………… 21
题菊花　黄巢 …………………………… 22
鹭鸶　杜牧 ……………………………… 23
画　王维 ………………………………… 24
剑客　贾岛 ……………………………… 25
望洞庭　刘禹锡 ………………………… 26
霜月　李商隐 …………………………… 27

怀古诗 ………………………………… 29

黄鹤楼　崔颢 …………………………… 31
登幽州台歌　陈子昂 …………………… 32
与诸子登岘山　孟浩然 ………………… 33
蜀相　杜甫 ……………………………… 34
滕王阁诗　王勃 ………………………… 36
八阵图　杜甫 …………………………… 38
过三闾庙　戴叔伦 ……………………… 39
登楼　杜甫 ……………………………… 40
乌衣巷　刘禹锡 ………………………… 42
泊秦淮　杜牧 …………………………… 43
登金陵凤凰台　李白 …………………… 44
赤壁　杜牧 ……………………………… 46
金陵图　韦庄 …………………………… 47

1

于易水送人　骆宾王 ……………	48
汴河怀古　皮日休 ………………	49
隋宫　李商隐 ……………………	50
越中览古　李白 …………………	52
江南逢李龟年　杜甫 ……………	53
兰溪棹歌　戴叔伦 ………………	54
题乌江亭　杜牧 …………………	55
西塞山怀古　刘禹锡 ……………	56
石头城　刘禹锡 …………………	58
秋日湖上　薛莹 …………………	59
山房春事二首（其二）　岑参 …	60
金陵晚望　高蟾 …………………	61
咏怀古迹五首（其三）　杜甫 …	62
咸阳城东楼　许浑 ………………	64

山水田园诗 …………………… 67

夜归鹿门山歌　孟浩然 …………	69
登鹳雀楼　王之涣 ………………	70
望洞庭湖赠张丞相　孟浩然 ……	71
秋登兰山寄张五　孟浩然 ………	72
夏日南亭怀辛大　孟浩然 ………	74
桃花溪　张旭 ……………………	76
早发白帝城　李白 ………………	77
宿业师山房待丁公不至　孟浩然	78
春晓　孟浩然 ……………………	79
过故人庄　孟浩然 ………………	80
过香积寺　王维 …………………	82
终南望馀雪　祖咏 ………………	83
庐山谣寄卢侍御虚舟　李白 ……	84
宴梅道士山房　孟浩然 …………	88
山居秋暝　王维 …………………	89
汉江临泛　王维 …………………	90
鹿柴　王维 ………………………	91
辋川闲居赠裴秀才迪　王维 ……	92
积雨辋川庄作　王维 ……………	94
竹里馆　王维 ……………………	96
游春曲二首（其一）　王涯 ……	97
蜀道难　李白 ……………………	98
题破山寺后禅院　常建 …………	104
谷口书斋寄杨补阙　钱起 ………	106
华子冈　裴迪 ……………………	108

登岳阳楼 杜甫	109
客至 杜甫	110
登高 杜甫	112
鸟鸣涧 王维	114
月夜 刘方平	115
滁州西涧 韦应物	116
渔翁 柳宗元	117
野望 王绩	118
溪居 柳宗元	119
江雪 柳宗元	120
寄扬州韩绰判官 杜牧	121
元日述怀 卢照邻	122
乐游原 李商隐	123
绝句漫兴九首（其五） 杜甫	124
早秋三首（其一） 许浑	125
杳杳寒山道 寒山	126
听邻家吹笙 郎士元	127
春行寄兴 李华	128
采莲曲二首（其二） 王昌龄	129
夜宿山寺 李白	130
峨眉山月歌 李白	131
望庐山瀑布 李白	132
独坐敬亭山 李白	133
秋登宣城谢朓北楼 李白	134
逢雪宿芙蓉山主人 刘长卿	136
绝句 杜甫	137
望岳 杜甫	138
江畔独步寻花（其五） 杜甫	140
江畔独步寻花七绝句（其六） 杜甫	141
曲江二首（其二） 杜甫	142
江村 杜甫	144
水槛遣心二首（其一） 杜甫	146
绝句漫兴九首（其七） 杜甫	148
绝句 杜甫	149
绝句二首（其二） 杜甫	150
望天门山 李白	151
题竹林寺 朱放	152
小儿垂钓 胡令能	153
城东早春 杨巨源	154
浪淘沙词（其一） 刘禹锡	155
晚春 韩愈	156
早春呈水部张十八员外 韩愈	157

村夜 白居易	158
大林寺桃花 白居易	159
暮江吟 白居易	160
池上 白居易	161
钱塘湖春行 白居易	162
遗爱寺 白居易	164
山亭夏日 高骈	165
牧童 吕岩	166
长安秋望 杜牧	167
雨过山村 王建	168
山行 杜牧	169
社日 王驾	170
雨晴 王驾	171
寄王舍人竹楼 李嘉祐	172
江南春 杜牧	173
题李凝幽居 贾岛	174
霁雪 戎昱	175
竹枝词 刘禹锡	176
江村即事 司空曙	177
乞巧 林杰	178
清明 杜牧	179
答人 太上隐者	180
寒食夜 韩偓	181
赠花卿 杜甫	182
寻隐者不遇 贾岛	183
答李浣 韦应物	184

边塞诗 185

出塞 王昌龄	187
前出塞九首（其六） 杜甫	188
陇西行 陈陶	189
白雪歌送武判官归京 岑参	190
望蓟门 祖咏	193
书边事 张乔	194
塞下曲（其一） 王昌龄	195
塞下曲（其二） 王昌龄	197
塞下曲六首（其二） 卢纶	198
塞下曲六首（其三） 卢纶	199
塞下曲（其一） 李白	200
塞下曲 许浑	201
凉州词 王翰	202

凉州词　王之涣 …………………… 203
塞上听吹笛　高适 ………………… 204
逢入京使　岑参 …………………… 205
燕歌行　高适 ……………………… 206
关山月　李白 ……………………… 211
兵车行　杜甫 ……………………… 212
征人怨　柳中庸 …………………… 216
马诗二十三首（其五）　李贺 …… 217
使至塞上　王维 …………………… 218
从军行七首（其二）　王昌龄 …… 220
从军行七首（其四）　王昌龄 …… 221
从军行　杨炯 ……………………… 222
边词　张敬忠 ……………………… 223
月夜忆舍弟　杜甫 ………………… 224
子夜吴歌·秋歌　李白 …………… 225
雁门太守行　李贺 ………………… 226
观猎　王维 ………………………… 228
少年行四首（其一）　王维 ……… 229
夜上受降城闻笛　李益 …………… 230
哥舒歌　西鄙人 …………………… 231
碛中作　岑参 ……………………… 232

羁旅思乡诗 …………………… 233

题大庾岭北驿　宋之问 …………… 235
宿桐庐江寄广陵旧游　孟浩然 …… 236
和晋陵陆丞早春游望　杜审言 …… 237
渡汉江　宋之问 …………………… 238
望月怀远　张九龄 ………………… 239
回乡偶书　贺知章 ………………… 240
早寒江上有怀　孟浩然 …………… 241
章台夜思　韦庄 …………………… 242
次北固山下　王湾 ………………… 243
九月九日忆山东兄弟　王维 ……… 244
旅夜书怀　杜甫 …………………… 245
同从弟南斋玩月忆山阴崔少府　王昌龄 … 246
枫桥夜泊　张继 …………………… 248
旅宿　杜牧 ………………………… 249
夜雨寄北　李商隐 ………………… 250
宿建德江　孟浩然 ………………… 252
汾上惊秋　苏颋 …………………… 253
蜀道后期　张说 …………………… 254

静夜思　李白 …………………………… 255
寄令狐郎中　李商隐 ………………… 256
归雁　钱起 …………………………… 257
除夜有感　崔涂 ……………………… 258
邯郸冬至夜思家　白居易 …………… 259
秋兴八首（其一）　杜甫 …………… 260
题金陵渡　张祜 ……………………… 262
忆江上吴处士　贾岛 ………………… 263
月夜　杜甫 …………………………… 264
江楼感旧　赵嘏 ……………………… 265
行军九日思长安故园　岑参 ………… 266
秋夜寄邱员外　韦应物 ……………… 267
春夜洛城闻笛　李白 ………………… 268
秋思　张籍 …………………………… 269
春望　杜甫 …………………………… 271
寒食　孟云卿 ………………………… 272
杂诗　王维 …………………………… 273
十五夜望月　王建 …………………… 274
寄人　张泌 …………………………… 275
商山早行　温庭筠 …………………… 276
长安晚秋　赵嘏 ……………………… 278
与史郎中钦听黄鹤楼上吹笛　李白 … 280
宿骆氏亭寄怀崔雍崔衮　李商隐 …… 281
望月有感　白居易 …………………… 282

送别诗 ……………………………… 285

游子吟　孟郊 ………………………… 287
留别王维　孟浩然 …………………… 288
芙蓉楼送辛渐　王昌龄 ……………… 289
宣州谢朓楼饯别校书叔云　李白 …… 290
送杜少府之任蜀州　王勃 …………… 292
送友人入蜀　李白 …………………… 293
渡荆门送别　李白 …………………… 294
淮上与友人别　郑谷 ………………… 295
黄鹤楼送孟浩然之广陵　李白 ……… 296
送元二使安西　王维 ………………… 297
送朱大入秦　孟浩然 ………………… 298
山中送别　王维 ……………………… 299
赋得暮雨送李胄　韦应物 …………… 300
淮上喜会梁州故人　韦应物 ………… 301
送李端　卢纶 ………………………… 302

6

云阳馆与韩绅宿别　司空曙 …… 303
喜见外弟又言别　李益 …… 304
赋得古原草送别　白居易 …… 305
无题（相见时难别亦难）　李商隐 …… 306
送灵澈上人　刘长卿 …… 308
饯别王十一南游　刘长卿 …… 309
赠汪伦　李白 …… 310
韩冬郎即席为诗相送（其一）　李商隐 …… 311
金陵酒肆留别　李白 …… 312
闻王昌龄左迁龙标遥有此寄　李白 …… 313
送友人　李白 …… 314
别董大　高适 …… 315
赠别二首（其二）　杜牧 …… 316
别离　陆龟蒙 …… 317
无题　李商隐 …… 318

抒怀诗 …… 321

月下独酌　李白 …… 322
将进酒　李白 …… 324
下终南山过斛斯山人宿置酒　李白 …… 328
天末怀李白　杜甫 …… 330
问刘十九　白居易 …… 331
茅屋为秋风所破歌　杜甫 …… 332
闻官军收河南河北　杜甫 …… 336
秋夕　杜牧 …… 338
嫦娥　李商隐 …… 339
锦瑟　李商隐 …… 340
岁暮归南山　孟浩然 …… 342
清平调词三首（其一）　李白 …… 343
行路难　李白 …… 344
秋浦歌　李白 …… 346
赠孟浩然　李白 …… 347
上李邕　李白 …… 348
山中与幽人对酌　李白 …… 350
客中作　李白 …… 351
登科后　孟郊 …… 352
题都城南庄　崔护 …… 353
题诗后　贾岛 …… 354
闻乐天授江州司马　元稹 …… 355
秋词二首（其一）　刘禹锡 …… 356
南园十三首（其五）　李贺 …… 357

7

自遣　罗隐 …………………………… 358
离思五首（其四）　元稹 ………… 359
晚晴　李商隐 ………………………… 360
听蜀僧濬弹琴　李白 ………………… 362
鸣筝　李端 …………………………… 363
紫薇花　白居易 ……………………… 364
题鹤林寺僧舍　李涉 ………………… 365

讽喻诗 …………………………… 367

听弹琴　刘长卿 ……………………… 368
寒食　韩翃 …………………………… 369
观祈雨　李约 ………………………… 370
悯农二首（其一）　李绅 …………… 371
悯农二首（其二）　李绅 …………… 372
过华清宫绝句　杜牧 ………………… 373
己亥岁　曹松 ………………………… 374
贾生　李商隐 ………………………… 375
西施　罗隐 …………………………… 376
下第后上永崇高侍郎　高蟾 ………… 377
焚书坑　章碣 ………………………… 378

哲理诗 …………………………… 381

金缕衣　杜秋娘 ……………………… 382
劝学　颜真卿 ………………………… 383
中秋月二首（其二）　李峤 ………… 384
浪淘沙词（其八）　刘禹锡 ………… 385
酬乐天扬州初逢席上见赠　刘禹锡 … 386
鸟　白居易 …………………………… 388
白鹿洞二首（其一）　王贞白 ……… 389

咏物诗

诗人以凝练的诗句托物言志，
画家用精妙的笔法挥洒豪情。

淡墨点出的蝉翼透明如纱，
白描勾勒的白鹭轻盈如云，
中锋轻扫的竹叶随风起舞，飒飒作响。
工笔细描的蜻蜓停在草间，悄无声息。

兰叶葳蕤，传来春的气息，
寒梅傲雪，点缀冬的俏丽。
读诗，体会一草一木的多姿，
品画，感受一字一句的风情。

明 沈周 秋柳鸣蝉图

在狱咏蝉

骆宾王

西陆①蝉声唱,南冠②客思深。
不堪玄鬓③影,来对白头吟④。
露重飞难进⑤,风多响⑥易沉⑦。
无人信高洁⑧,谁为表予心⑨?

译文:

秋天蝉儿在哀婉地鸣叫,作为囚徒的我,不由得阵阵悲伤。

我虽不到四十岁,却已是满头白发,哪还经得起那如妇人黑发般的蝉儿哀鸣的侵袭。

秋露浓重,蝉儿纵使展开双翼也难以高飞,寒风瑟瑟,能轻易地把它的鸣唱声淹没。

有谁能相信秋蝉是这样清廉高洁的,又有谁能相信我的清白,代我表述内心的沉冤?

注释:

①西陆:指秋天。
②南冠:楚冠,这里是囚徒的意思。《左传·成公九年》记载,楚钟仪戴着南冠被囚于晋国军府事。后以南冠代指囚徒。
③玄鬓:指蝉的黑色翅膀,这里诗人用其比喻自己正当盛年。
④白头吟:古乐府曲名。
⑤飞难进:是说蝉难以高飞。
⑥响:指蝉声。
⑦沉:沉没,掩盖。
⑧高洁:清高洁白。古人认为蝉栖高饮露,是高洁之物。作者以此自喻。
⑨予心:我的心。

感遇十二首(其一)

张九龄

兰①叶春葳蕤②,桂华③秋皎洁。
欣欣此生意④,自尔⑤为佳节⑥。
谁知林栖者⑦,闻风⑧坐⑨相悦⑩。
草木有本心⑪,何求美人折!

译文:

春天里的幽兰翠叶繁盛,秋天里的桂花皎洁清新。
世间的草木生机勃勃,自然顺应了美好的季节。
谁想到山林中的隐逸高人闻到芬芳而满怀喜悦。
草木散发香气源于天性,怎么会求观赏者攀折呢!

注释:

①兰:此指兰草。
②葳蕤:枝叶茂盛而纷披。
③桂华:桂花,"华"同"花"。
④生意:生机勃勃。
⑤自尔:自然地。
⑥佳节:美好的季节。
⑦林栖者:指山中隐士。
⑧闻风:闻到芳香。
⑨坐:因而。
⑩悦:喜悦。
⑪本心:天性,自然性。

明 文徵明 兰竹图

早梅

张谓

一树寒梅白玉条，
迥①临村路傍②溪桥。
不知近水花先发，
疑是经冬③雪未销。

译文：

一树梅花凌寒早开，枝条洁白如玉条。
它远离人来车往的村路，临近溪水桥边。
并不知道临近水边的寒梅是提早开放，
以为是枝头上的白雪经过一冬仍然未消融。

注释：

①迥：远。 ②傍：靠近。
③经冬：经过冬天。

元 王冕 墨梅图

感遇十二首（其七）

张九龄

江南有丹橘①，经冬②犹绿林。
岂伊③地气暖，自有岁寒心④。
可以荐⑤嘉客，奈何阻重深。
运命⑥唯所遇，循环不可寻。
徒言树⑦桃李，此木岂无阴？

译文：

江南丹橘叶茂枝繁，
经冬不凋四季常青。
岂因南国地气和暖，
而是具有松柏品性。
赠给嘉宾必受称赞，
山重水阻如何进献？
命运遭遇往往不一，
因果循环奥秘难寻。
只说桃李有果有林，
难道丹橘就不成荫？

宋 马麟 橘绿图

注释：

①丹橘：红橘。
②经冬：经过冬天。
③伊：那里。此处指江南。
④岁寒心：此处指丹橘具有耐寒的本性。比喻诗人节操坚贞。
⑤荐：赠给。
⑥运命：命运。
⑦树：种植。

咏鹅

骆宾王

鹅，鹅，鹅，
曲项①向天歌。
白毛浮绿水，
红掌拨②清③波。

译文：

鹅，鹅，鹅，白鹅伸着弯曲的脖子面向蓝天歌唱。

洁白的羽毛漂浮在碧绿的水面上，红红的脚掌划动着清清的水波。

注释：

①曲项：弯着脖子。
②拨：划动。
③清：清澈。

宋 佚名 荷塘双鹅图

风

李峤

解落①三秋②叶，
能开二月③花。
过江千尺浪，
入竹万竿斜④。

译文：

  风能吹落秋天的树叶，能吹开春天美丽的鲜花。

  风刮过江面时能掀起千尺巨浪，吹进竹林时能使万千翠竹倾斜。

注释：

①解落：吹落，散落。
②三秋：秋季，指农历九月。
③二月：农历二月，指春季。
④斜：倾斜。

明 唐寅 风竹图

咏柳

贺知章

碧玉①妆②成一树③高,
万条垂下绿丝绦④。
不知细叶谁裁⑤出,
二月春风似⑥剪刀。

译文:

　　高高的柳树长满了嫩绿的新叶,垂下来的柳条像千万条飘动的绿色丝带。

　　不知道这细细的柳叶是谁裁剪出来的,原来是二月的春风,它就像一把灵巧的剪刀。

注释:

①碧玉:碧绿色的玉。这里用以比喻春天嫩绿的柳叶。
②妆:装饰,打扮。
③一树:满树。
④绦:用丝编成的绳带。这里指像丝带一样的柳条。
⑤裁:裁剪。
⑥似:如同,好像。

元 盛昌年 柳燕图

相思

王维

红豆生南国，
春来发几枝。
愿君多采撷[①]，
此物最相思。

译文：

红豆生长在阳光明媚的南方，每逢春天不知长出多少新枝。希望思念的人儿多多采摘，因为它最能寄托相思之情。

注释：

①采撷：采摘。

◇ 宋 马和之 诗经·小雅·节南山之什图（局部）

春雪

韩愈

xīn nián dōu wèi yǒu fāng huá
新年①都未有芳华②,
èr yuè chū jīng jiàn cǎo yá
二月初③惊④见草芽。
bái xuě què xián chūn sè wǎn
白雪却嫌⑤春色晚,
gù chuān tíng shù zuò fēi huā
故⑥穿庭树作飞花。

译文:

到了新年都还看不到芬芳的花朵,二月初才惊讶地发现小草冒出了新芽。

白雪却嫌春色来得太晚了,故意化作花在庭院的树间穿飞。

注释:

①新年:指农历正月初一。
②芳华:泛指芬芳的花朵。
③初:刚刚。
④惊:新奇,惊讶。
⑤嫌:嫌怨,怨恨。
⑥故:故意。

明 佚名 雪景山水图

古朗月行

李白

小时不识月，呼作①白玉盘②。
又疑③瑶台④镜，飞在青云端。
仙人垂两足⑤，桂树何团团⑥？
白兔捣药成，问言与谁餐？
蟾蜍⑦蚀圆影⑧，大明夜已残。
羿⑨昔落九乌，天人⑩清且安。
阴精⑪此沦惑⑫，去去⑬不足观。
忧来其如何，凄怆⑭摧心肝。

译文：

小时候不认识月亮，把它称为"白玉盘"。
又怀疑是瑶台仙镜，飞在夜空的青云之上。
月中的仙人垂着双脚吗？月中的桂树为什么长得圆圆的？
白兔捣成的仙药，到底是给谁吃的呢？
蟾蜍把圆月啃食得残缺不全，皎洁的月儿因此晦暗不明。
后羿射下了九个太阳，天上人间免却灾难，清明安宁。
月亮已经沉沦而迷惑不清，没有什么可看的，不如远远地走开吧。
心怀忧虑啊，又何忍一走了之，凄惨悲伤让我肝肠寸断。

注释：

①呼作：称为。
②白玉盘：指晶莹剔透的白盘子。
③疑：怀疑。
④瑶台：传说中神仙居住的地方。
⑤仙人垂两足：意思是月亮里有仙人和桂树。当月亮初升的时候，人会先看见仙人的两只脚，月亮渐渐圆起来，就看见仙人和桂树的全形。
⑥团团：圆圆的样子。
⑦蟾蜍：传说月中有三条腿的蟾蜍，因此古文常以"蟾蜍"指代月亮。
⑧圆影：指月亮。
⑨羿：我国古代神话中射落九个太阳的英雄。
⑩天人：天上人间。
⑪阴精：指月亮。
⑫沦惑：沉沦迷惑。
⑬去去：远去，越去越远。
⑭凄怆：悲愁伤感。

宋 马和之 月色秋声图

马诗二十三首(其四)

李贺

此马非凡马,
房星①本是星。
向前敲瘦骨,
犹自带铜声。

译文:

这匹马不是人间的凡马,原本是天上的房星下凡。

它看上去瘦骨嶙峋,可你如果上前去敲一敲它的瘦骨,还能听见铮铮的铜声。

注释:

①房星:星宿名,即房宿,古时象征天马,这里借指马。

◇ 元 任仁发 二马图(局部)

房兵曹胡马[1][2]

杜甫

胡马大宛[3]名,锋棱[4]瘦骨成。
竹批[5]双耳峻[6],风入四蹄轻。
所向无空阔,真堪[7]托死生[8]。
骁腾[9]有如此,万里可横行。

译文:

房兵曹的这匹马是著名的大宛马,它那精瘦的筋骨像刀锋一样突出分明。

它的两耳如斜削的竹片一样尖锐,奔跑起来四蹄生风,疾速轻盈。

所向无阻,不怕路途遥远,真可将生死托付于它。

拥有如此奔腾快捷、堪托死生的良马,真可以横行万里之外,并为国立功了。

注释:

①兵曹:兵曹参军的省称,是唐代州府中掌管军防、驿传等事的官职。
②胡:此指西域。
③大宛:汉代西域国名,其地在今乌兹别克斯坦境内,盛产良马。
④锋棱:锋利的棱角。这里形容马神骏健悍。
⑤竹批:形容马耳尖如竹尖。
⑥双耳峻:马的两只耳朵尖锐,十分精神,这是良马的特征之一。峻,尖锐。
⑦堪:可以,能够。
⑧托死生:马值得信赖,对人的生命有保障。
⑨骁腾:健步奔驰。

◇ 唐 韩幹 十六神骏图卷(局部)

春夜喜雨

杜甫

好雨知时节,当春乃①发生②。
随风潜③入夜,润物④细无声。
野径⑤云俱黑,江船火独明。
晓⑥看红湿处⑦,花重⑧锦官城⑨。

译文:

好雨知道下雨的节气,正是在春天植物萌发生长的时候。

小雨随着春风在夜里悄悄落下,无声地滋润着万物。

雨夜中,田间小路黑茫茫一片,只有江船上的灯火独自闪烁。

天刚亮时看着那雨水润湿的花丛,娇美红艳,整个锦官城变成了繁花盛开的世界。

注释:

①乃:就。
②发生:催发植物生长。
③潜:暗暗地,悄悄地。这里指春雨在夜里悄悄地随风而至。
④润物:使植物受到雨水滋养。
⑤野径:乡间的小路。
⑥晓:天刚亮的时候。
⑦红湿处:雨水湿润的花丛。
⑧花重:花因沾着雨水而显得饱满沉重。
⑨锦官城:成都的别称。

◇ 宋 马远 山径春行图(局部)

小松

杜荀鹤

自小刺头①深草里，
而今渐觉出蓬蒿②。
时人不识凌云木，
直待③凌云④始道⑤高。

译文：

　　长满松针的小松树长在很深很深的草中，人们看不出来，现在才发现它已经长得比蓬蒿高出了许多。

　　世上的人不认识这将来可以高入云霄的树木，一直要等到它已经高入云霄了，才说它高大。

注释：

①刺头：指长满松针的小松树。
②蓬蒿：两种野草。
③直待：直等到。
④凌云：高耸入云。
⑤始道：才说。

◇ 元 倪瓒 幽涧寒松图（局部）

蜂

罗隐

bù lùn píng dì yǔ shān jiān
不论平地与山尖①,
wú xiàn fēng guāng jìn bèi zhàn
无限风光尽被占②。
cǎi dé bǎi huā chéng mì hòu
采得百花成蜜后,
wèi shéi xīn kǔ wèi shéi tián
为谁辛苦为谁甜③?

译文:

　　无论是在平地,还是在山峰,美好的风景都被蜜蜂占有。
　　蜜蜂啊,你采尽百花酿成了花蜜,到底为谁付出辛苦,又想让谁品尝香甜?

注释:

　　①山尖:山的顶尖。　②占:占有。　③甜:醇香的蜂蜜。

宋 吴炳嘉 禾草虫图

夜雪

白居易

已讶①衾枕②冷,
复见窗户明。
夜深知雪重③,
时闻折竹声④。

译文：

　　夜里发现被子和枕头竟然冰凉，让我很惊讶，又看见窗户一片通明。

　　夜深的时候就知道雪下得很大，是因为不时地能听到雪把竹枝压折的声音。

注释：

①讶：惊讶。　②衾枕：被子和枕头。
③重：这里指雪下得很大。　④折竹声：指大雪压折竹子的声响。

◇ 宋 徐禹功 雪中梅竹图（局部）

菊花

黄巢

待到秋来九月八[①],
我花开后百花杀[②]。
冲天香阵透长安,
满城尽带黄金甲[③]。

译文:

等到秋天九月重阳节来临的时候,菊花盛开以后,别的花就凋零了。盛开的菊花香气弥漫整个长安,遍地都是金黄如铠甲般的菊花。

注释:

①九月八:九月九日为重阳节,有登高赏菊的风俗,说"九月八"是为了押韵。
②杀:草木枯萎。
③黄金甲:指金黄色铠甲般的菊花。

明 沈周 四季花卉卷(局部)

菊花

元稹

秋丛①绕舍②似陶家③,
遍绕④篱⑤边日渐斜⑥。
不是花中偏爱菊,
此花开尽⑦更⑧无花。

译文：

　　一丛一丛的秋菊环绕着房屋，好似陶渊明的家。绕着篱笆观赏菊花，不知不觉太阳已经快落山了。

　　不是因为百花中偏爱菊花，只是因为菊花开过之后再无花可赏。

注释：

①秋丛：指一丛丛秋菊。
②舍：居住的房子。
③陶家：东晋诗人陶渊明的家。
④遍绕：环绕一遍。
⑤篱：篱笆。
⑥日渐斜：太阳渐渐落山。
⑦尽：完。
⑧更：再。

◇ 明 徐渭 墨花九段图（局部）

题菊花

黄巢

飒飒①西风满院栽，
蕊寒香冷蝶难来。
他年我若为青帝②，
报③与桃花一处开。

译文：

秋风飒飒，满院的菊花迎风傲霜，纷纷开放，花蕊花香充满寒意，再难有蝴蝶飞来吸食花蜜。

若是有朝一日我成为司春之神，一定要让菊花和桃花同在春天盛开。

注释：

①飒飒：形容风声。
②青帝：司春之神。古代传说中的五方天帝之一，住在东方，主行春天时令。
③报：告诉，告知，这里有"命令"的意思。

◇ 宋 朱绍宗 菊丛飞蝶图

鹭鸶

杜牧

xuě yī xuě fà qīng yù zuǐ
雪衣雪发青玉②嘴,
qún bǔ yú ér xī yǐng zhōng
群捕③鱼儿溪影④中。
jīng fēi yuǎn yìng bì shān qù
惊飞远映碧山⑤去,
yī shù lí huā luò wǎn fēng
一树梨花落晚风⑥。

译文:

鹭鸶身穿雪白的衣裳,生有雪白的头发和青玉一样的嘴巴,它们成群地在溪中捕鱼,美丽的身形倒映在清澈的溪水中。

突然,它们因为受惊而飞起,背衬着碧绿的山色,向远方飞去,那洁白的身影,宛如朵朵梨花飘舞在晚风之中。

注释:

①鹭鸶:此指白鹭,羽毛为白色,腿很长,能涉水捕食鱼、虾等。
②青玉:蓝绿色的玉。
③群捕:这里指许多只鹭鸶在一起捕食。
④溪影:溪中的影子,形容溪水清澈。
⑤碧山:指青绿色的山。
⑥落晚风:在晚风中飘落,随晚风飞舞。

清 黄慎 柳塘双鹭图(局部)

画

王维

远看山有色①,
近听水无声。
春去花还在,
人来鸟不惊②。

译文:

远看高山色彩明艳,走近了却听不到水的声音。

春天过去了,花草仍在争奇斗艳,人走近,可是鸟却没有被惊动。

注释:

①色:颜色,也有"景色"之意。
②惊:吃惊,害怕。

宋 马远 踏歌图

剑客[1]

贾岛

十年磨一剑，
霜刃[2]未曾试。
今日把示君[3]，
谁有不平事？

译文：

  十年工夫磨成一把宝剑，剑刃寒光闪烁，只是还未试过锋芒。

  如今将它取出，给您一看，告诉我谁有冤屈不平的事？

注释：

①剑客：行侠仗义的人。
②霜刃：形容剑锋寒光闪闪，十分锋利。
③把示君：拿给您看。

明 唐寅 山水人物图

望洞庭[1]

刘禹锡

湖光秋月两[2]相和[3],
潭面[4]无风镜未磨[5]。
遥望洞庭山水翠,
白银盘[6]里一青螺[7]。

译文：

洞庭湖上月光和水色交相辉映、优美和谐，湖面风平浪静，犹如未磨的铜镜。

遥望洞庭湖山青水绿，洞庭湖中的君山就好似白银盘里托着的一只青螺。

注释：

①洞庭：湖名，在今湖南省北部。

②两：指湖光和秋月。

③和：指水色与月光互相辉映。

④潭面：指湖面。

⑤镜未磨：古人的镜子用铜磨成。这里一说是湖面无风，水平如镜；一说是远望湖中的景物，隐约不清，如同镜面没打磨时照物模糊。

⑥白银盘：形容平静而又清澈的洞庭湖面。

⑦青螺：青绿色的螺。此处指洞庭湖中的君山。

◇ 宋 李唐 松湖钓隐图

霜月

李商隐

初闻征雁①已无蝉②,
百尺楼高水接天③。
青女④素娥⑤俱耐冷,
月中霜里斗⑥婵娟⑦。

译文：

　　刚开始听到远行去南方的大雁的鸣叫声,蝉鸣就已经销声匿迹了。我登上百尺高楼极目远眺,水天连成一片。

　　霜神青女和月中嫦娥不怕寒冷,在寒月冷霜中争艳斗俏,比一比冰清玉洁的美好姿容。

注释：

①征雁：大雁春到北方,秋到南方,不惧远行,故称"征雁"。此处指南飞的大雁。

②无蝉：雁南飞时,已听不见蝉鸣。

③水接天：水天一色,不是实写水,是形容月、霜和夜空如水一样明亮。

④青女：主管霜雪的女神。《淮南子·天文训》中有"青女乃出,以降霜雪"之句。

⑤素娥：即嫦娥。

⑥斗：比赛的意思。

⑦婵娟：美好的姿态,古诗文中多指代女子。

◇ 宋 夏圭 松溪泛月图

宋 夏圭 雪溪放牧图

怀古诗

巍峨的滕王阁临江而立，
滔滔江水不知疲倦地奔流。
物换星移，几度春秋。
江山留胜迹，世代可巡游。

焦墨勾勒苍松，矗立在山头见证历史的兴衰，
赭石渐染波浪，水花肆意翻滚如同世事无常。

画家送轻舟入水，望江南烟波浩渺，
诗人惜时光流逝，叹英雄壮志未酬。

政和壬辰上元之次夕忽有祥雲拂鬱
低映端門眾皆仰而視之倏有群鶴
飛鳴於空中仍有二鶴對止於鴟尾
之端頗甚閑適餘皆翔翔如應奏節
往來都民無不稽首瞻望歎異久之
經時不散迤邐歸飛西北隅散感茲
祥瑞故作詩以紀其實

清曉觚稜拂彩霓仙禽告瑞忽來儀飄飄
元是三山侶兩兩還呈千歲姿似擬碧鸞
棲寶閣豈同赤鴈集天池徘徊嘹唳當丹
闕故使憧憧庶俗知

御製御畫并書

宋 赵佶 瑞鹤图

黄鹤楼[1]

崔颢

昔人[2]已乘黄鹤去[3],
此地空余黄鹤楼。
黄鹤一去不复返,
白云千载空悠悠。
晴川历历[4]汉阳[5]树,
芳草萋萋[6]鹦鹉洲[7]。
日暮乡关[8]何处是?
烟波江上使人愁。

译文:

传说中的仙人已经驾着黄鹤飞走了,只留下空荡荡的黄鹤楼。
黄鹤一去再也没有回来,千百年来只看见白云悠悠。
晴日里的原野汉阳树木清晰可见,更能看清芳草繁茂的鹦鹉洲。
暮色渐起,哪里是我的家乡?江面烟波渺渺,让人更生烦愁。

注释:

①黄鹤楼:故址在今湖北省武汉市蛇山的黄鹄矶头。传说古代有一位名叫费祎的仙人,在此乘鹤登仙。
②昔人:指传说中骑鹤飞走的仙人。
③去:离开。 ④历历:清楚可数。
⑤汉阳:地名,现在湖北省武汉市汉阳区,与黄鹤楼隔江相望。
⑥萋萋:形容草木长得茂盛。
⑦鹦鹉洲:长江中的小沙洲。 ⑧乡关:故乡。

登幽州台歌[1]

陈子昂

前[2]不见古人[3],
后[4]不见来者[5]。
念[6]天地之悠悠[7],
独怆然[8]而涕[9]下。

译文:

往前不见古代招贤的君主,向后不见后世求才的明君。
想到那苍茫天地无穷无尽,我倍感凄凉,独自落泪。

注释:

①幽州台:即黄金台,又称蓟北楼,故址在今北京市大兴,是战国时燕昭王为招纳天下贤士而建。
②前:过去。
③古人:古代那些能够礼贤下士的圣君。
④后:未来。
⑤来者:后世那些重视人才的贤明君主。
⑥念:想到。
⑦悠悠:形容时间的久远和空间的广大。
⑧怆然:悲伤凄恻的样子。
⑨涕:眼泪。

◇ 清 龚贤 山水图

与诸子登岘山[1][2]

孟浩然

rén shì yǒu dài xiè　wǎng lái chéng gǔ jīn
人事有代谢[3]，往来成古今。
jiāng shān liú shèng jì　wǒ bèi fù dēng lín
江山留胜迹，我辈复登临[4]。
shuǐ luò yú liáng qiǎn　tiān hán mèng zé shēn
水落鱼梁[5]浅，天寒梦泽[6]深。
yáng gōng bēi shàng zài　dú bà lèi zhān jīn
羊公碑[7]尚在，读罢泪沾襟。

译文：

世间的人和事更替变化，时间流逝，形成了从古到今的历史。

江山各处保留的名胜古迹，而今我们又可以来游览。

水落石出，鱼梁洲水位清浅，云梦泽因天寒而显得迷蒙幽深。

羊祜纪念碑如今依然巍峨矗立，读罢碑文，泪水沾湿了衣襟。

注释：

①诸子：指诗人的几个朋友。
②岘（xiàn）山：一名岘首山，在今湖北襄阳以南。
③代谢：交替变化。
④复登临：又登山临水，对羊祜曾登岘山而言。
⑤鱼梁：沙洲名，在襄阳鹿门山的沔水中。
⑥梦泽：云梦泽，古大泽，即今江汉平原。
⑦羊公碑：后人为纪念西晋名将羊祜而建的碑。

明末清初 弘仁 长林逍遥图（局部）

蜀相①

杜甫

丞相祠堂②何处寻?
锦官城③外柏森森④。
映阶碧草自春色,
隔叶黄鹂空⑤好音。
三顾频烦天下计,
两朝⑥开⑦济⑧老臣心。
出师未捷身先死,
长使英雄泪满襟。

译文：

　　去哪里寻找武侯诸葛亮的祠堂？在成都城外那柏树茂密的地方。

　　映着石阶的绿草自成一片春色，隔着树叶的黄鹂徒有好听的声音。

　　刘备为统一天下而三顾茅庐，问计于诸葛亮，辅佐两代君主的老臣忠心耿耿。

　　可惜诸葛亮出师伐魏还没有取得最后的胜利就去世了，常令后代英雄感慨，泪湿衣襟。

注释：

　　①蜀相：三国蜀汉丞相，指诸葛亮。
　　②丞相祠堂：即诸葛武侯祠，在四川成都。
　　③锦官城：成都的别名。
　　④柏森森：柏树茂盛繁密的样子。
　　⑤空：徒有。
　　⑥两朝：指诸葛亮辅助刘备开创帝业，后又辅佐刘禅。
　　⑦开：开创。
　　⑧济：扶助。

明 姚绶 文饮图

滕王阁诗[1]

王勃

滕王高阁临江[2]渚[3],
佩玉鸣鸾[4]罢歌舞。
画栋朝飞南浦[5]云,
珠帘暮卷西山[6]雨。
闲云潭影日悠悠[7],
物换星移[8]几度秋。
阁中帝子[9]今何在?
槛[10]外长江空自流。

译文:

巍峨高耸的滕王阁俯临着江中小洲,玉饰和鸾铃鸣响的华丽歌舞早已停止。

早晨,南浦飞来的轻云在画栋边掠过;傍晚时分,珠帘卷入了西山的雨。

潭中白云的倒影每日悠然浮荡,时光匆匆流逝,不知已经度过几个春秋。

修建这滕王阁的滕王如今在哪里?只有那栏杆外的滔滔江水徒然地向远方奔流。

注释:

①滕王阁:故址在今江西南昌赣江之滨,江南三大名楼之一。
②江:指赣江。
③渚:江中小洲。

④佩玉鸣鸾：身上佩戴的玉饰、响铃。
⑤南浦：地名，在今南昌市西南。
⑥西山：南昌名胜，一名南昌山、厌原山、洪崖山。
⑦日悠悠：每日无拘无束地游荡。
⑧物换星移：形容时代变迁，万物更替。
⑨帝子：指滕王李元婴。
⑩槛：栏杆。

◇ 宋 夏明远 楼阁图

八阵图[1]

杜甫

gōng gài sān fēn guó
功盖[2]三分国[3],
míng chéng bā zhèn tú
名成八阵图。
jiāng liú shí bù zhuǎn
江流石不转[4],
yí hèn shī tūn wú
遗恨失吞吴[5]。

译文:

　　三国鼎立,你建立了盖世功绩;创八阵图,你成就了声名。

　　江水东流,你布下的石阵仍然不动,可惜刘备灭吴失策,留下了千古遗憾。

注释:

　　①八阵图:由八种阵势组成的图形,用来操练军队或作战。

　　②盖:超过。

　　③三分国:指三国时魏、蜀、吴三国。

　　④石不转:指涨水时,八阵图的石块仍然不动。

　　⑤失吞吴:是吞吴失策的意思。

◇ 宋 夏圭 坐看云起图

过三闾庙①

戴叔伦

沅湘②流不尽，
屈子怨何深③。
日暮秋风起，
萧萧④枫树林。

译文：

沅江和湘江日夜不停地流淌，屈原的悲愤似水般深沉。

暮色中秋风骤起，吹进枫林，发出阵阵响声。

注释：

①三闾（lú）庙：即屈原庙，因屈原曾任三闾大夫而得名，在今湖南汨罗县境。
②沅湘：指沅江和湘江，沅江、湘江是湖南的两条主要河流。
③何深：多么深。
④萧萧：风吹树木发出的响声。

元 曹知白 寒林图（局部）

登楼

杜甫

花近高楼伤客心,
万方多难此登临。
锦江春色来天地,
玉垒①浮云变古今②。
北极③朝廷终不改,
西山盗寇④莫相侵。
可怜后主还祠庙⑤,
日暮聊为梁甫吟⑥。

译文:

高楼近处的繁花让游子伤心,在这万方多难的时刻,我来此处登临。

锦江春色把天地之间填满,玉垒山的浮云像古今世事般变幻莫测。朝廷如同北极星一样不可动摇,西山盗寇吐蕃别枉费心机来骚扰。可叹刘后主那么昏庸还有祠庙,傍晚只好低唱《梁甫吟》。

注释:

①玉垒:玉垒山,在今四川灌县西。
②变古今:与古今一同变幻。
③北极:北极星,古代常用来指代朝廷。
④西山盗寇:指吐蕃。
⑤后主还祠庙:刘备之子刘禅得诸葛亮辅佐,尚可立国,死后还有祠庙。
⑥梁甫吟:乐府曲名。诸葛亮在南阳时喜欢作《梁甫吟》。

明 仇英 仙山楼阁图

乌衣巷①

刘禹锡

朱雀桥边野草花，
乌衣巷口夕阳斜。
旧时②王谢堂前燕，
飞入寻常③百姓家。

◇ 明 唐寅 野亭霭瑞图

译文：

朱雀桥边冷落荒凉，长满野草和野花，乌衣巷口夕阳斜挂。当年王、谢两大世家屋檐下的燕子，如今已飞进寻常百姓家中。

注释：

①乌衣巷：在今南京市东南的文德桥南岸，是三国时东吴的禁军驻地。由于当时禁军身着黑色军服，所以此地俗称"乌衣巷"。东晋时，王、谢两大家族都居住在乌衣巷，人称其子弟为"乌衣郎"。入唐后，乌衣巷沦为废墟。现为民间工艺品的汇集之地。
②旧时：指晋代。
③寻常：平常。

泊秦淮[1]

杜牧

烟笼寒水月笼沙，
夜泊秦淮近酒家。
商女[2]不知亡国恨，
隔江犹唱后庭花[3]。

◇ 明末清初 弘仁 山水图

译文：

　　迷离的月色下，轻烟笼罩寒水、白沙，夜晚船只停泊在秦淮边的酒家。

　　卖唱的歌女不懂得亡国之恨，隔着江水还在唱《玉树后庭花》。

注释：

①秦淮：即秦淮河。
②商女：以卖唱为生的歌女。
③后庭花：即《玉树后庭花》。南朝陈皇帝陈叔宝（陈后主）沉溺于声色，作此曲与后宫美女寻欢作乐，终致亡国，所以后世称此曲为"亡国之音"。

登金陵凤凰台①

李白

凤凰台上凤凰游,
凤去台空江②自流。
吴宫③花草埋幽径④,
晋代⑤衣冠⑥成古丘⑦。
三山⑧半落青天外,
二水⑨中分白鹭洲⑩。
总为浮云能蔽日⑪,
长安⑫不见使人愁。

译文:

凤凰台上曾经有凤凰来悠游,如今凤去台空,只有江水依旧奔流。
吴国宫殿的花草埋没了荒凉小径,东晋多少士族已成荒冢古丘。
三山在云雾中隐现,如落青天外,江水被白鹭洲分成两条水道。
那些浮云总是遮蔽太阳的光辉,登高望不见长安,让人内心沉痛忧郁。

注释:

①凤凰台:故址在今南京市凤凰山。
②江:长江。
③吴宫:三国时孙吴建都于金陵所筑的宫殿。
④幽径:僻静的小路。
⑤晋代:指东晋,晋室南渡后也建都于金陵。
⑥衣冠:原指衣服和礼帽,这里借指东晋士族。
⑦古丘:古坟。

⑧三山：指三座山峰，在金陵西南长江边上。
⑨二水：指秦淮河流经南京后，西入长江，被横截其间的白鹭洲分为两支。
⑩白鹭洲：古代长江中的沙洲，洲上多集白鹭，故以此称之。因江水外移，今已与陆地相连，位于南京市水西门外。
⑪浮云能蔽日：比喻谗臣当道，障蔽贤良。浮云，既指诗人西北望长安所见之实景，又比喻皇帝身边拨弄是非、蒙蔽皇帝的奸邪小人。
⑫长安：这里指代朝廷和皇帝。

◇ 宋 马远 雕台望云图

赤壁

杜牧

折戟①沉沙铁未销②,
自将③磨洗④认前朝⑤。
东风不与周郎便,
铜雀⑥春深锁二乔。

译文:

赤壁的泥沙中埋着未锈尽的断戟,我将它磨洗后发现它是当年赤壁之战的遗留之物。

倘若不是东风给周瑜以方便,结局恐怕是曹操取胜,大乔和小乔就被关进铜雀台。

注释:

①折戟:折断的戟。戟,古代兵器。
②销:销蚀。
③将:拿起。
④磨洗:磨光洗净。
⑤认前朝:认出是东吴破曹时的遗物。
⑥铜雀:即铜雀台,曹操在邺城今河北临漳建造的一座楼台,楼顶有大铜雀,台上住姬妾、歌伎,是曹操暮年行乐处。

◇ 宋 佚名 赤壁图

金陵图

韦庄

江雨霏霏①江草齐②，
六朝③如梦鸟空啼。
无情最是台城柳，
依旧烟④笼十里堤⑤。

译文：

江面烟雨迷蒙，江边的绿草与岸相齐，六朝往事如梦，只剩鸟悲啼。

最无情的是那台城的杨柳，它们依旧像清淡的烟雾一样笼罩着十里长堤。

注释：

①霏霏：细雨纷纷的样子。
②江草齐：指江草与岸相齐。
③六朝：指在建康（今南京）建都的三国吴，东晋，南朝的宋、齐、梁、陈。
④烟：指柳树绿茵茵的，像清淡的烟雾一样。
⑤堤：河岸。

◇ 宋 李迪 风雨牧归图

于易水送人①

骆宾王

此地别燕丹②,
壮士③发冲冠④。
昔时⑤人已没⑥,
今日水⑦犹⑧寒。

译文:

荆轲在这个地方与燕太子丹告别,壮士慷慨悲歌,怒发冲冠。昔日的英豪已经长逝,今天的易水还是那样寒冷。

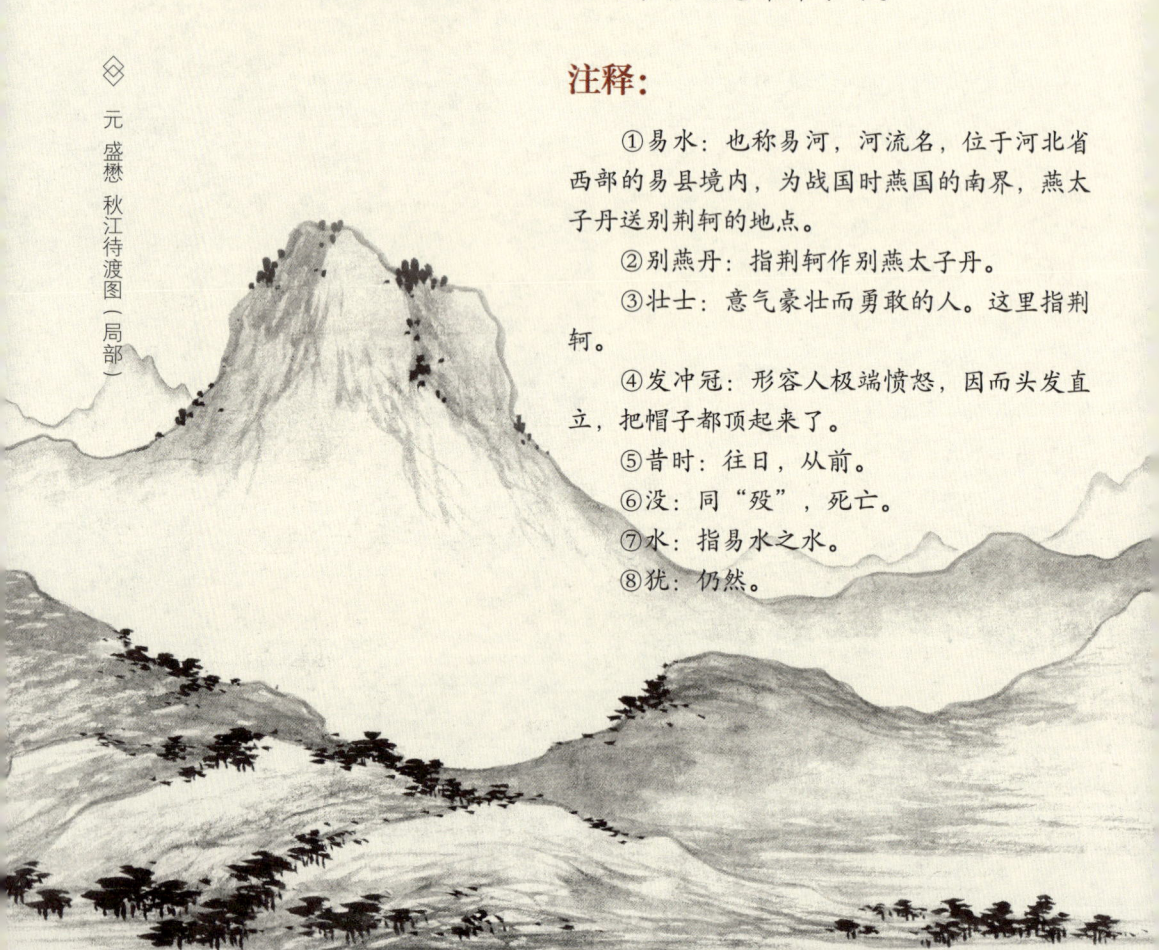

注释:

①易水:也称易河,河流名,位于河北省西部的易县境内,为战国时燕国的南界,燕太子丹送别荆轲的地点。
②别燕丹:指荆轲作别燕太子丹。
③壮士:意气豪壮而勇敢的人。这里指荆轲。
④发冲冠:形容人极端愤怒,因而头发直立,把帽子都顶起来了。
⑤昔时:往日,从前。
⑥没:同"殁",死亡。
⑦水:指易水之水。
⑧犹:仍然。

元 盛懋 秋江待渡图(局部)

汴河怀古

皮日休

尽道隋亡为此河①,
至今千里赖②通波。
若无水殿龙舟事,
共禹论功③不较多。

译文:

都说隋朝亡国是因为这条河,但是到现在它还在流淌不息,南来北往的船只畅通无阻。

如果不是修龙舟巡幸江都的事情,隋炀帝的功绩可以和大禹平分秋色。

注释:

①此河:即汴河。
②赖:依赖。
③共禹论功:作者在这里肯定了开凿隋朝大运河的积极意义,说开凿大运河这事可以和大禹治水的功绩相比。

◇ 元 吴镇 芦滩钓艇图

隋宫①

李商隐

紫泉②宫殿锁烟霞,
欲取芜城作帝家。
玉玺③不缘归日角④,
锦帆⑤应是到天涯。
于今腐草无萤火⑥,
终古垂杨⑦有暮鸦。
地下若逢陈后主,
岂宜重问后庭花?

译文:

长安的宫殿内弥漫着一片烟霞,杨广还想把芜城作为帝王之家。

如果不是李渊得到了传国的玉玺,杨广的龙舟或许会游遍天涯。

如今,隋朝的宫苑中已看不到萤火虫,多少年来隋堤两边的垂杨栖息着乌鸦。

如果杨广在地下和陈后主相逢,难道会再赏《后庭花》?

注释:

①隋宫:指隋炀帝杨广在江都(今江苏扬州)所建的行宫。
②紫泉:即紫渊,长安河名,因唐高祖名李渊,为避讳其名而改为"紫泉"。
③玉玺:皇帝的玉印。
④日角:指人的额骨突出,饱满如日。古人认为此乃帝王之相。此处指唐高祖李渊。

⑤锦帆：隋炀帝所乘的龙舟，其帆用华丽的宫锦制成。

⑥腐草无萤火：古人以为萤火虫是腐草变化出来的。杨广曾在洛阳的景华宫征得萤火虫数斛，"夜出游山，放之，光遍岩谷"。这句以夸张的手法，说炀帝已把萤火虫搜光了。

⑦垂杨：隋炀帝在河畔筑御道，种植垂柳。

元 高克恭 春云晓霭图

越中览古

李白

越王勾践破吴^①归,
义士还家尽锦衣^②。
宫女如花满春殿,
只今惟有鹧鸪飞。

译文:

越王勾践灭掉吴国归来,战士们都是衣锦还乡。

曾经满宫殿都是如花似玉的宫女,如今只有几只鹧鸪在故都废墟上飞来飞去。

注释:

①勾践破吴:春秋时期吴、越两国争霸。公元前494年,越王勾践为吴王夫差击败,此后勾践卧薪尝胆20年,于公元前473年灭吴。

②锦衣:华丽的衣服。

元 倪瓒 紫芝山房图(局部)

江南逢李龟年[1]

杜甫

岐王[2]宅里寻常[3]见,
崔九[4]堂前几度闻。
正是江南[5]好风景,
落花时节[6]又逢君[7]。

译文:

当年我在岐王家中常常看到你演出,也曾在崔九堂前听到你的歌声。没想到在这风景秀美的江南,正是暮春时节,再次遇见你。

注释:

①李龟年:唐朝著名宫廷乐师,因为受到皇帝唐玄宗宠幸而红极一时。"安史之乱"后,李龟年流落江南,靠卖艺为生。
②岐王:唐玄宗李隆基的弟弟,名叫李范,以好学爱才著称。
③寻常:平常。
④崔九:崔涤,唐玄宗的宠臣。
⑤江南:这里指今湖南省一带。
⑥落花时节:暮春时节,通常指阴历三月。
⑦君:指李龟年。

宋 夏圭 溪山清远图(局部)

兰溪棹歌[1][2]

戴叔伦

凉月[3]如眉挂柳湾，
越[4]中山色镜中看。
兰溪三日[5]桃花雨[6]，
半夜鲤鱼来上滩。

译文：

弯弯的蛾眉月挂在柳湾的上空，凉爽宜人。越中山色倒映在水平如镜的溪面上，煞是好看。

桃花盛开时连下了三天春雨，夜半人静之时，鲤鱼纷纷涌上溪头浅滩。

注释：

[1]兰溪：即兰江，浙江富春江上游支流，在今浙江省兰溪市西南。
[2]棹（zhào）歌：船家摇橹时唱的歌。
[3]凉月：新月。
[4]越：古代东南沿海一带称为越，在今浙江省中部。
[5]三日：三天。
[6]桃花雨：江南春天桃花盛开时下的雨。

宋 夏圭 西湖柳艇图

题乌江亭[1]

杜牧

胜败兵家事不期[2],
包羞忍耻[3]是男儿。
江东[4]子弟多才俊[5],
卷土重来[6]未可知。

译文:

胜败乃是兵家常事,难以预料,能够忍受失败和耻辱的才是真正的男儿。江东子弟大多是才能出众的人,若能重整旗鼓,谁输谁赢还很难说。

注释:

①乌江亭:在今安徽和县东北的乌江浦,相传为西楚霸王项羽自刎之处。
②不期:难以预料。
③包羞忍耻:意谓大丈夫能屈能伸,应有忍受屈耻的胸襟和气度。
④江东:汉至隋唐时,称安徽芜湖以下的长江南岸地区为江东。
⑤才俊:才能出众的人。　⑥卷土重来:指失败以后整顿,以求再起。

明 陈洪绶 林亭清话图

西塞山怀古①

刘禹锡

王濬②楼船下益州③,
金陵④王气⑤黯然收。
千寻铁锁沉江底⑥,
一片降幡⑦出石头。
人世几回伤往事,
山形依旧枕寒流。
今逢四海为家⑧日,
故垒⑨萧萧芦荻秋。

译文:

王濬的战舰从益州出发,东吴的帝王之气黯然失色。
千丈长的铁链沉入江底,一片降旗挂在石头城头。
人生中多少次伤怀往事,山形依然不变地靠着寒流。
从今以后四海一家,天下一统,芦荻在旧垒上萧萧飘摇。

注释:

①西塞山:位于今湖北省黄石市,又名道士洑,山体突出到长江中,因而形成长江弯道,站在山顶犹如身临江中。
②王濬:晋益州刺史。
③益州:晋时郡治在今成都。晋武帝伐吴,派王濬造大船,出巴蜀,每船可容约两千人。
④金陵:今南京,当时是吴国的都城。
⑤王气:帝王之气。

⑥千寻铁锁沉江底：东吴末帝孙皓命人在江中置铁锥，又将大铁索横于江面，拦截晋船，终失败。寻，古代的长度单位，一寻为八尺。

⑦降幡：投降的旗帜。

⑧四海为家：指全国统一。

⑨故垒：旧时的堡垒。

◇ 明末清初 蓝瑛 山水图

石头城[1]

刘禹锡

山围故国[2]周遭[3]在，
潮打空城寂寞回。
淮水[4]东边旧时[5]月，
夜深还过女墙[6]来。

译文：

　　群山环绕着废弃的故都，潮水拍打着空城又寂寞折回。

　　从秦淮河东边升起的月亮，见证过历史后，在夜深人静时又悄悄爬过城墙。

注释：

①石头城：位于今南京市西清凉山上，三国时孙吴就石壁筑城戍守，称石头城。今为南京市。
②故国：此处指旧都。
③周遭：环绕。
④淮水：指贯穿石头城的秦淮河。
⑤旧时：指汉魏六朝时。
⑥女墙：指石头城上的矮墙。

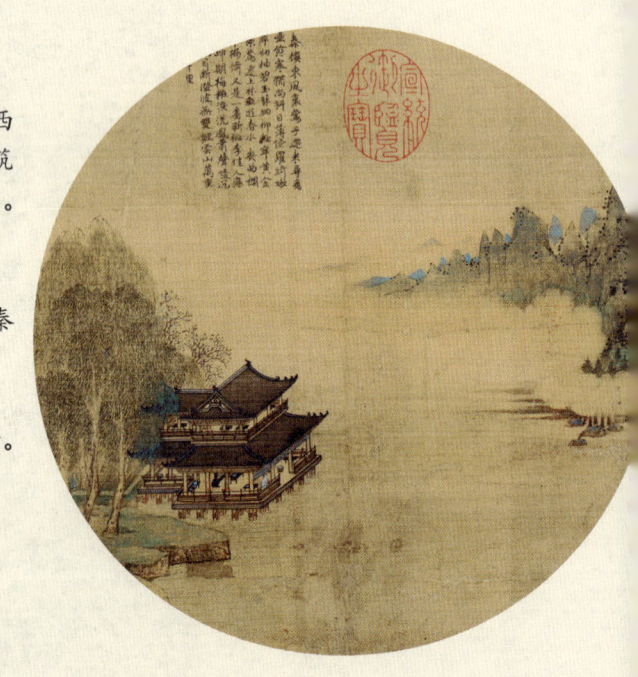

宋 佚名 玉楼春思图

秋日湖上

薛莹

落日五湖①游,
烟波处处愁。
浮沉②千古事,
谁与问东流?

译文:

　　落日时分畅游于太湖之上,湖面烟波浩渺,让人觉得处处充满忧愁。

　　千年以来的历史正如这湖水一样浮浮沉沉,谁会关心那些随水东流而去的事情呢?

注释:

①五湖:指江苏的太湖。
②浮沉:指国家的兴亡治乱。

宋 马远 梅溪放艇图

山房春事二首（其二）

岑参

梁园①日暮②乱飞鸦，
极目萧条③三两家。
庭树不知人去尽，
春来还发旧时花。

明 盛颖 马耆烟雨图（局部）

译文：

傍晚时分，梁园中只有乱飞的乌鸦，放眼望去，满目萧条，零零落落三两户人家。

园中树木不知道人已离去，春风又吹过，依然开着跟昔日一样的鲜花。

注释：

①梁园：兔园，俗名竹园，西汉梁孝王刘武所建，故址在今河南省商丘市东。
②日暮：傍晚，太阳落山的时候。
③萧条：寂寞冷落，凋零。

金陵晚望

高蟾

曾伴浮云归晚翠[①],
犹陪落日泛秋声。
世间无限丹青手[②],
一片伤心画不成。

明末清初 蓝瑛 溪山秋色图（局部）

译文：

金陵城曾在暮色中伴着浮云，也曾在秋声里陪着落日。

这世上有无数的丹青圣手，却没有人能把我此刻的愁苦心境描绘出来。

注释：

①晚翠：傍晚时苍翠的景色。
②丹青手：指画师。

咏怀古迹五首（其三）

杜甫

群山万壑赴荆门[①]，
生长明妃[②]尚有村。
一去[③]紫台[④]连[⑤]朔漠[⑥]，
独留青冢[⑦]向黄昏。
画图省识[⑧]春风面[⑨]，
环佩[⑩]空归夜月魂。
千载琵琶作胡语[⑪]，
分明怨恨曲中论。

译文：

连绵不断的群山如同向荆门奔去一般，王昭君生活的山村至今尚留存。

从汉宫离开，直通向塞外沙漠，昭君墓映着落日孤独地立在山上。

糊涂的君王曾经只凭画图识别昭君的容颜，月夜里环佩叮当是昭君归魂。

千载流传她作的胡音琵琶曲，曲中倾诉的分明是满腔怨恨。

注释：

①荆门：山名，在今湖北宜都西北。
②明妃：指王昭君。
③去：离开。
④紫台：汉宫，紫宫，宫廷。
⑤连：通，到。

⑥朔漠：北方的沙漠。

⑦青冢：指王昭君的坟墓。

⑧省识：略识。

⑨春风面：形容王昭君的美貌。

⑩环珮：女子佩戴的玉饰，这里借指王昭君。

⑪胡语：西北少数民族的语言，这里指胡地的音调。

明末清初　王时敏　云峰树色图

咸阳城东楼[1]

许浑

一上高城万里愁,
蒹葭[2]杨柳似汀洲[3]。
溪云初起日沉阁,
山雨欲来风满楼。
鸟下绿芜秦苑夕,
蝉鸣黄叶汉宫秋。
行人莫问当年事,
故国东来渭水流。

译文:

登上高楼,万里乡愁涌上心头,芦苇、杨柳丛生,好似水边的沙洲。

溪边的乌云刚刚浮起,夕阳已经沉落到楼阁后面,山雨即将来临,凉风吹满了高楼。

秦汉宫苑,鸟儿落于荒草之中,秋蝉鸣叫于黄叶之间。

来往的过客不要问陈年往事,只有渭水一如既往地向东流。

注释:

①咸阳:秦都城,今属陕西。唐代咸阳城与新都长安隔河相望。
②蒹葭:芦苇一类的水草。
③汀洲:水边平坦的沙洲。

明 谢时臣 虎阜春晴图

明 恽向 山水图

山水田园诗

松间的明月，石上的清泉，
渡头的落日，迎客的酒杯……
诗人用细腻的笔触投向静谧的山林，悠闲的田野。

石绿染遍青山，淡墨浅描水面，
垂钓者正享受着宁静。
当白雪覆盖了枝头和远山，
那条看不见脚印的小船该是早就停在了岸边。

诗人寄情山水，追求恬淡情趣。
画家记录见闻，描绘大好河山。

明 唐寅 步溪图

夜归鹿门山歌①

孟浩然

山寺钟鸣昼已昏,
渔梁②渡头争渡喧③。
人随沙岸向江村,
余亦乘舟归鹿门。
鹿门月照开烟树④,
忽到庞公⑤栖隐处。
岩扉⑥松径长寂寥,
惟有幽人自来去。

译文：

　　黄昏时，山寺的钟声在山谷中回响，渔梁渡口处人们争着过河，喧闹不已。
　　人们沿着沙岸向江村走去，我也乘坐一叶小舟返回鹿门。
　　鹿门山的月光使山树渐渐显现出来，好似忽然来到了庞公隐居之地。
　　相对如门的山岩和松间小路十分幽静，只有隐居的人独自来去。

注释：

①鹿门：山名，在襄阳。
②渔梁：洲名，在湖北襄阳城外汉水中。
③喧：吵闹。
④开烟树：指月光下，原先被烟雾笼罩的树木渐渐显现出来。
⑤庞公：庞德公，东汉襄阳人，隐居鹿门山。
⑥岩扉：指山岩相对如门。

登鹳雀楼[1]

王之涣

白日[2]依[3]山尽[4],
黄河入海流。
欲[5]穷[6]千里目[7],
更[8]上一层楼。

译文:

夕阳依傍着山峦慢慢沉落,黄河朝着大海奔流而去。如果想要看到千里之外的风光,那就要再登上一层高楼。

注释:

[1]鹳雀楼:古名鹳鹊楼,因时有鹳鹊栖其上而得名,其故址在山西省永济市古蒲州城外西南的黄河岸边。
[2]白日:太阳。
[3]依:依傍。
[4]尽:消失。
[5]欲:想要。
[6]穷:尽,使达到极点。
[7]千里目:眼界开阔。
[8]更:再。

元 王蒙 东山草堂图(局部)

望洞庭湖赠张丞相①

孟浩然

八月湖③水平,涵虚④混太清⑤。
气蒸云梦泽⑥,波撼⑦岳阳城⑧。
欲济无舟楫,端居耻圣明。
坐观垂钓者,徒有羡鱼情。

译文:

八月洞庭湖水暴涨,几乎与岸齐平。天空倒映在水中,水天浑然一体,迷离难辨。

云梦大泽蒸腾,白茫茫一片,波涛汹涌,似乎把岳阳城撼动了。

想要渡水却苦于没有船只,在圣明时代闲居,又觉得有愧于明君。

看着那些垂钓的人悠闲自在,可惜只能空怀羡鱼之情。

注释:

①洞庭湖:中国第二大淡水湖,在今湖南省北部。
②张丞相:即张九龄,唐玄宗时任宰相。
③湖:此处指洞庭湖。
④涵虚:包含天空,指天空倒映在水中。
⑤混太清:与天混为一体。太清,指天空。
⑥云梦泽:古代云梦泽分为云泽和梦泽,指湖北南部、湖南北部一带的低洼地区。洞庭湖是它南部的一角。
⑦撼:摇动。
⑧岳阳城:在洞庭湖东岸。

明 沈周 垂钓图(局部)

秋登兰山寄张五

孟浩然

北山白云里，隐者自怡悦。
相望①试登高，心随雁飞灭。
愁因薄暮②起，兴是清秋③发。
时见归村人，沙行渡头④歇。
天边树若荠⑤，江畔洲如月。
何当⑥载酒来，共醉重阳节⑦。

译文：

登上白云缭绕的北山，我有一种超脱尘俗的喜悦。
我试着登上高山遥望远方，心随着鸿雁高飞远去。
愁绪往往由日落引发，兴致往往因爽朗的秋天而起。
在山上时时望见回村的人们，走过沙滩坐在渡口休息。
极目远眺，树木好似荠菜；俯视江畔，沙洲好像弯月。
不妨你能载酒前来，重阳佳节时与我畅饮共醉。

注释：

①相望：互相遥望。
②薄暮：傍晚，太阳快落山的时候。
③清秋：明净爽朗的秋天。
④渡头：渡口，过河的地方。
⑤荠：荠菜。
⑥何当：商量之辞，相当于"何妨"或"何如"。
⑦重阳节：农历九月初九，也称"重九"或"重阳"。魏晋后，有于此日登高游宴的习俗。

明末清初 蓝瑛 秋山渔隐图

夏日南亭怀辛大①

孟浩然

山光忽西落，池月渐东上②。
散发③乘夕凉，开轩④卧闲敞⑤。
荷风送香气，竹露滴清响⑥。
欲取鸣琴弹，恨⑦无知音赏。
感此怀故人，中宵⑧劳⑨梦想⑩。

译文：

山上的太阳渐渐西落，池塘上空，月亮从东方慢慢升起。

我披散着头发在夜晚乘凉，打开窗户悠闲地躺在幽静宽敞的地方。

一阵阵的晚风送来荷花的香气，露水从竹叶上滴下，发出清脆的响声。

我想拿琴来弹奏，可惜没有知音在身旁欣赏。

如此美景让我想起老朋友，在梦中也苦苦地想念着他。

注释：

①辛大：孟浩然的朋友。
②东上：从东面升起。
③散发：古人男子平时束发戴帽，这里表现的是作者放浪不羁的惬意。
④开轩：开窗。
⑤卧闲敞：躺在幽静宽敞的地方。
⑥清响：清脆的响声。
⑦恨：遗憾。
⑧中宵：中夜，半夜。
⑨劳：苦于。
⑩梦想：想念。

明 唐寅 沛台实景图

桃花溪[1]

张旭

隐隐飞桥[2]隔野烟，
石矶[3]西畔问渔船。
桃花尽日[4]随流水，
洞[5]在清溪何处边？

译文：

　　山谷云烟缭绕，溪上飞架的高桥若隐若现，站在岩石西侧询问那捕鱼归来的渔人。

　　这里桃花随着流水终日漂流，你可知桃源洞口在清溪的哪边？

注释：

①桃花溪：水名，在今湖南省桃源县桃源山下。
②飞桥：高桥。
③石矶：水中积石或水边突出的岩石、石堆。
④尽日：整天，整日。
⑤洞：指《桃花源记》中武陵渔人找到的洞口。

明末清初 王鉴 仿古山水图

早发白帝城[1] 李白

朝[3]辞[4]白帝彩云间[5],
千里江陵[6]一日还。
两岸猿声啼不住[7],
轻舟已过万重山[8]。

译文：

  清晨告别五彩云霞映照中的白帝城，千里之遥的江陵，一天就可以到达。

  两岸的猿声还在耳边不停地回荡，轻快的小舟已驶过万重青山。

注释：

①发：启程。
②白帝城：故址在今重庆市奉节县白帝山上。
③朝：早晨。
④辞：告别。
⑤彩云间：因白帝城在白帝山上，地势高耸，从山下江中仰望，仿佛耸入云间。
⑥江陵：今湖北荆州市。从白帝城到江陵约一千二百里，其间包括七百里三峡。
⑦住：停息。
⑧万重山：层层叠叠的山，形容有许多山。

清 石涛 山水图

宿业师山房待丁公不至

孟浩然

夕阳度西岭,群壑倏已暝。
松月生夜凉,风泉满清听。
樵人归欲尽,烟鸟栖初定。
之子期宿来,孤琴候萝径。

译文:

夕阳越过了西边的山岭,千山万壑忽然昏暗静寂。
月光照进松林,夜晚清凉,满耳都是清脆的风声和泉声。
山中的砍柴人已经全都回家了,烟霭中鸟儿刚归巢。
与丁大约定今晚来寺住宿,我独自抚琴,在山路上等候。

注释:

①业师:法名叫业的僧人。 ②暝:昏暗。 ③烟鸟:暮霭中的飞鸟。
④之子:此人。 ⑤期:约定。 ⑥萝径:长满悬垂植物的小路。

明末清初 王鉴 山水图

春晓① 孟浩然

chūn mián bù jué xiǎo
春 眠 不 觉 晓，
chù chù wén tí niǎo
处 处 闻 啼 鸟②。
yè lái fēng yǔ shēng
夜 来 风 雨 声，
huā luò zhī duō shǎo
花 落 知 多 少③。

译文：

　　春日里贪睡，不知不觉天已破晓，到处是鸟儿清脆的叫声。
　　回想昨夜的阵阵风雨声，不知吹落了多少娇美的春花。

注释：

①晓：天刚亮的时候。
②啼鸟：鸟的啼叫声。
③知多少：不知有多少。

◇ 宋 赵佶 花鸟图

过故人庄①②

孟浩然

故人具③鸡黍④,邀⑤我至田家。
绿树村边合⑥,青山郭⑦外斜。
开轩⑧面⑨场圃⑩,把⑪酒话桑麻⑫。
待到重阳日⑬,还⑭来就菊花⑮。

译文:

老朋友准备丰盛的饭菜,邀请我到他的田舍做客。
翠绿的树林围绕着村落,苍翠的山峦在城外横卧。
推开窗户面对打谷场和菜园,共饮美酒,闲谈农务。
等到九九重阳节到来时,我还要来这里观赏菊花。

注释:

①过:拜访。
②故人庄:老朋友的田庄。
③具:准备,置办。
④鸡黍:指农家待客的丰盛饭食(字面指鸡和黄米饭)。
⑤邀:邀请。 ⑥合:环绕。
⑦郭:古代城墙有内外两重,内为城,外为郭。这里指村庄的外墙。
⑧轩:窗户。 ⑨面:面对。
⑩场圃:打谷场和菜园。场,打谷场、稻场;圃,菜园。
⑪把:拿起,端起。
⑫话桑麻:闲谈农事。桑麻,桑树和麻,这里泛指庄稼。
⑬重阳日:指夏历的九月初九。古人在这一天有登高、饮菊花酒的习俗。
⑭还:返,来。
⑮就菊花:指饮菊花酒,也是赏菊的意思。

餘速雨鶴聲惡能不於斯感暮春花
既零喰莫倦松風還可廳宵晨為
止社兄寫意拄豐溪書舍丙申三月漸江

明末清初 弘仁 雨余柳色图

过香积寺[①]

王维

不知香积寺[②]，数里入云峰。
古木无人径，深山何处钟[③]。
泉声咽危石[④]，日色冷青松[⑤]。
薄暮空潭曲[⑥]，安禅制毒龙[⑦]。

明 董其昌 潇湘白云图

译文：

不知香积寺在哪座山中，走了数里，就进入了白云缭绕的山峰。
古木参天，却没有人行路径，深山里何处传来钟鸣？
山中泉水撞击危石，响声幽咽，松林里日光照射，也显得寒冷。
日暮时分，在空寂的潭边安静地打坐可以让人抛却杂念。

注释：

①过：过访，探望。
②香积寺：唐代著名寺院，故址在今陕西省西安市长安区山中。
③钟：寺庙的钟鸣声。 ④危石：高耸的崖石。危，高。
⑤冷青松：为青松所冷。 ⑥曲：水边。
⑦毒龙：比喻人的邪念妄想。

终南望余雪[①]

祖咏

终南阴岭[②]秀,
积雪浮云端。
林表[③]明霁色[④],
城中增暮寒。

◇ 清 励宗万 探雪图卷(局部)

译文:

终南山的北面山色秀美,山上的皑皑白雪好似与天上的浮云相连。

雪后初晴,林梢之间闪烁着夕阳的余晖,傍晚时分,城中又添了寒意。

注释:

①终南:终南山。
②阴岭:终南山在长安之南,在长安只能看到山的北坡。山北为阴,故称阴岭。
③林表:林外。
④霁色:雪后清明之光。

庐山谣寄卢侍御虚舟①

李白

我本楚狂人②,
凤歌笑孔丘。
手持绿玉杖③,
朝别黄鹤楼。
五岳④寻仙不辞远,
一生好入名山游。
庐山秀出南斗⑤旁,
屏风九叠⑥云锦张,
影落⑦明湖青黛⑧光。
金阙⑨前开二峰长,
银河⑩倒挂三石梁。
香炉⑪瀑布⑫遥相望,
回崖沓嶂⑬凌苍苍。
翠影红霞映朝日,
鸟飞不到吴天⑭长。

登高壮观天地间，
大江茫茫去不还。
黄云⑮万里动风色，
白波九道⑯流雪山⑰。
好为庐山谣，
兴因庐山发。
闲窥石镜⑱清我心⑲，
谢公⑳行处苍苔没。
早服㉑还丹㉒无世情，
琴心三叠㉓道初成。
遥见仙人彩云里，
手把芙蓉朝玉京㉔。
先期㉕汗漫㉖九垓㉗上，
愿接卢敖㉘游太清㉙。

85

译文：

我本来就像那个楚狂接舆，唱着凤歌嘲笑孔丘。

我手拿一根镶绿玉的棍杖，大清早辞别了黄鹤楼。

攀登五岳寻仙道不畏路远，这一生就喜欢游览名山。

在南斗旁，秀美的庐山挺拔，九叠云屏像锦绣云霞铺开，湖光山影相互映照泛青光。

金阙岩前双峰矗立入云端，三石梁瀑布有如倒挂的银河飞流而下。

香炉峰瀑布与它遥遥相望，重峦叠嶂高耸入云。

翠云红霞与朝阳相互辉映，不见鸟迹，吴天辽阔苍茫。

登高，远望天地间的壮观景象，大江东流而去永不回还。

天空万里黄云翻滚，天色不断变化，九道江流波涛如流动的雪山。

我喜欢为雄伟的庐山歌唱，这兴致因庐山风光而发。

闲时观看石镜使我心神清净，谢灵运的足迹早被青苔掩藏。

我早已服食仙丹，毫无尘世情，修炼得心神宁静。

远远望见仙人正在彩云里，手里捧着芙蓉花朝拜玉京。

我早已约好神仙，我们在九天会面，希望迎接你一同遨游太清。

注释：

①卢侍御虚舟：卢虚舟，字幼真，范阳（今北京大兴）人，唐肃宗时曾任殿中侍御史，曾与李白同游庐山。

②楚狂人：春秋时楚人陆通，字接舆，因不满楚昭王的政治统治，装疯远离仕途，时人谓之"楚狂"。

③绿玉杖：镶有绿玉的杖，相传为仙人所用。

④五岳：即东岳泰山、西岳华山、南岳衡山、北岳恒山、中岳嵩山。此处泛指中国名山。

⑤南斗：星宿名，二十八宿中的斗宿。

⑥屏风九叠：指庐山五老峰东的九叠屏，因山九叠如屏而得名。

⑦影落：指庐山倒映在明澈的鄱阳湖中。

⑧青黛：青黑色。

⑨金阙：阙为皇宫门外的左右望楼，这里借指庐山的石门——庐山西南有铁船峰和天池山，二山对峙，形如石门。

⑩银河：指瀑布。

⑪香炉：南香炉峰。

⑫瀑布：黄岩瀑布。

⑬回崖沓嶂：曲折的山崖，重叠的山峰。

⑭吴天：庐山古属吴国，故称此地的天空为"吴天"。

⑮黄云：昏暗的云色。

⑯白波九道：九道河流。古书中说长江至九江附近分为九道。李白在此沿用此说，并非实见九道河流。

⑰雪山：喻指白色的浪花。

⑱石镜：指庐山东面的圆石，其平滑如镜，可照见人影。

⑲清我心：涤荡我心中的污浊。

⑳谢公：谢灵运。

㉑服：服食。

㉒还丹：道家炼丹，将丹炼成水银，积久又还成丹砂，故此称之。

㉓琴心三叠：道家修炼术语，一种心神宁静的境界。

㉔玉京：传说中昆仑山的别称，即道教中的天神元始天尊所居之地。

㉕先期：预先约好。

㉖汗漫：仙人名。

㉗九垓：九天之外。

㉘卢敖：战国时燕国人，传说曾见过仙人，并邀请仙人同游。

㉙太清：道教所称"三清"之一。

明 沈周 庐山高图

宴梅道士山房

孟浩然

林卧愁春尽,搴帷览物华。
忽逢青鸟[①]使,邀入赤松[②]家。
丹灶初开火,仙桃[③]正发花。
童颜若可驻,何惜醉流霞[④]。

译文:

住在山林中正愁春光将尽,揭开幕帘欣赏山中的自然美景。

忽然梅道士派人送来书信,邀我去他那里赴宴。

炼丹炉刚刚点起火,屋外桃花正在盛开。

如果说饮此酒能让青春永驻,那我一定一醉方休。

注释:

①青鸟:神话中的鸟,西王母的使者。这里指梅道士派人来请诗人赴宴。

②赤松:赤松子,传说中的仙人。这里指梅道士。

③仙桃:传说中的仙界果实。这里借指梅道士家的桃树。

④流霞:仙酒名。

明 沈贞 竹炉山房图(局部)

山居秋暝[1]

王维

空山[2]新[3]雨后,天气晚来秋。
明月松间照,清泉石上流。
竹喧[4]归浣女[5],莲动下渔舟。
随意[6]春芳[7]歇[8],王孙[9]自可留[10]。

译文:

空旷的群山沐浴了一场新雨,初秋傍晚的天气特别凉爽。

明亮的月光从松林间洒下来,清澈的泉水在山石上流淌。

竹林的喧笑声可知洗衣姑娘归来,莲叶轻摇,应是上游荡下轻舟。

任凭春天的美景消散,眼前的秋景仍然美好,我自可流连山中。

注释:

①暝:日落,天色将晚。

②空山:空寂的山野。

③新:刚刚。 ④竹喧:竹林中笑语喧哗。喧,喧哗,这里指竹叶发出沙沙声。

⑤浣女:洗衣服的姑娘。浣,洗涤衣物。

⑥随意:任凭。

⑦春芳:春日的芳菲。

⑧歇:消散,消失。

⑨王孙:原指贵族子弟,后来也泛指隐居的人。此处实为自指。 ⑩留:居。

◇ 明 唐寅 骑驴归思图

汉江临泛[①]

王维

楚塞[②]三湘[③]接，荆门[④]九派[⑤]通。
江流天地外，山色有无中。
郡邑[⑥]浮前浦[⑦]，波澜动远空。
襄阳好风日，留醉与山翁[⑧]。

译文：

汉江流经楚塞又折入三湘，西起荆门往东，与九江相通。
江水好像一直涌流到天地之外，两岸山色时隐时现，若有若无。
远处的城郭好像在水面上飘动，波翻浪涌，辽远的天空也仿佛为之摇荡。
襄阳的风景好，我愿留在此地酣饮，陪伴山翁。

注释：

①汉江：即汉水，流经陕西汉中、安康、湖北十堰、襄阳等地，到汉口流入长江。
②楚塞：楚国边境地带，这里指汉水流域，此地古为楚国辖区。
③三湘：一说指湖南的湘潭、湘阴、湘乡，三者合称"三湘"。
④荆门：山名，荆门山，在今湖北宜都市西北的长江南岸，战国时为楚之西塞。
⑤九派：九条支流，长江至浔阳分为九支。这里指江西九江。
⑥郡邑：指汉水两岸的城镇。
⑦浦：水边。
⑧山翁：指山简，晋代"竹林七贤"之一，山涛的幼子，西晋将领，镇守襄阳，有政绩，好酒，每饮必醉。这里借指襄阳的地方官。

宋 朱惟德 江亭揽胜图

鹿柴[1]

王维

空山不见人，
但[2]闻人语响。
返景[3]入深林，
复[4]照青苔上。

译文：

　　幽静的山谷里看不见人，只听到人说话的声音。
　　落日的光辉映入幽深的树林，又照在幽暗处的青苔上。

注释：

　　[1]鹿柴（zhài）：用带枝杈的树木搭成的栅栏，形似鹿角。这里指王维的辋川别墅（在今陕西省蓝田县西南）。
　　[2]但：只。
　　[3]返景：太阳将落时通过云彩反射的阳光。
　　[4]复：又。

◇ 宋 马远 山水图

辋川①闲居赠裴秀才迪②

王维

寒山转③苍翠④,秋水日潺湲⑤。
倚杖柴门外,临风听暮蝉⑥。
渡头⑦余落日,墟里⑧上孤烟⑨。
复值⑩接舆⑪醉,狂歌五柳⑫前。

译文:

黄昏时寒冷的山野变得更加苍翠,秋水日夜缓缓流淌。
我挂着拐杖伫立在茅舍的门外,迎风细听那暮蝉吟唱。
渡口只剩斜照的落日,村子里升起缕缕炊烟。
又碰到裴迪喝醉了酒,在我面前放声高歌。

注释:

①辋川:水名,在今陕西省蓝田县南终南山下。王维在那里住了三十多年,直至晚年。
②迪:裴迪,王维的好友。
③转:转为,变为。
④苍翠:青绿色。苍,灰白色。翠,墨绿色。
⑤潺湲:水流声。这里指水流缓慢的样子。
⑥听暮蝉:聆听秋蝉的鸣叫声。
⑦渡头:渡口。
⑧墟里:村落。
⑨孤烟:直升的炊烟。
⑩值:遇到。
⑪接舆:陆通先生的字。接舆是春秋时楚国人,好养性,装疯而远离仕途。在这里以接舆比裴迪。
⑫五柳:陶渊明。这里诗人以"五柳先生"自比。

雨郭烟村白水環迷
離紅葉間蒼山恍聞召
口清猿喉艮巘秋光想
像間　御題

宋　赵佶　溪山秋色图

积雨辋川庄作①

王维

积雨空林②烟火迟③,
蒸藜④炊黍⑤饷东菑⑥。
漠漠⑦水田飞白鹭,
阴阴⑧夏木⑨啭⑩黄鹂。
山中习静观朝槿,
松下清斋折露葵⑪。
野老⑫与人争席罢⑬,
海鸥⑭何事更相疑。

译文:

  连日雨后,树木稀疏的村落里炊烟缓慢升起,饭烧好了,就送给村东劳作的人。

  广阔平坦的水田上飞起一行白鹭,繁茂的树林中传来黄鹂婉转的啼声。

  我在山中修身养性,观赏朝槿晨开晚谢,在松下吃着素食,采摘葵菜佐餐。

  我已经是一个从追名逐利的官场中退出来的人,海鸥为什么还要猜疑我呢?

注释:

  ①辋川庄:即王维在辋川的宅第,在今陕西蓝田终南山中,是王维隐居之地。
  ②空林:疏林。
  ③烟火迟:因久雨林野润湿,故烟火缓升。

④藜：一年生草本植物，嫩叶可食。
⑤黍：谷物名，古时为主食。
⑥饷东菑：给在东边田里干活儿的人送饭。菑，开垦了一年的田地，此处泛指农田。
⑦漠漠：形容广阔无际。
⑧阴阴：幽暗的样子。
⑨夏木：高大的树木。
⑩啭：小鸟婉转地鸣叫。
⑪露葵：经霜的葵菜。葵，古代的重要蔬菜，有"百菜之主"之称。
⑫野老：村野老人，此指作者自己。
⑬争席罢：指自己要隐退山林，与世无争。
⑭海鸥：典出《列子·黄帝篇》。海上有人与海鸥亲近，人与海鸥互不猜疑。一天，这个人的父亲让他把海鸥捉回家。可他又到海滨时，海鸥飞得远远的。心术不正破坏了他和海鸥的亲密关系。这里借海鸥比喻人的关系。

◇ 宋 马远 山水图

竹里馆①

王维

独坐幽篁②里，
弹琴复长啸③。
深林④人不知，
明月来相照⑤。

译文：

独自闲坐在幽静的竹林里，一边弹琴一边高歌长啸。
深深的山林中无人知晓，只有一轮明月静静与我相伴。

注释：

①竹里馆：王维的辋川别墅胜景之一，房屋周围有竹林，故名。
②幽篁：幽深的竹林。
③啸：噘口发出长而清脆的声音，类似于打口哨。
④深林：指幽篁。
⑤相照：与"独坐"相应，意思是说，左右无人相伴，唯有明月似解人意，偏来相照。

◇ 元 倪瓒 水竹居图（局部）

游春曲二首（其一）

王涯

万树②江边杏③，
新开一夜风。
满园深浅色，
照在绿波④中。

译文：

江边园子里栽着成千上万棵杏树，一夜间春风吹开了满园杏花。一树树深红、浅红的杏花，映照在碧绿的水波中。

注释：

①游春：春天外出踏青、游赏。
②万树：很多杏树。
③江边杏：江边园林中栽种的杏树。
④绿波：碧绿的水波。

蜀道难①

李白

噫吁嚱②，危乎高哉！
蜀道之难，难于上青天！
蚕丛及鱼凫③，开国何茫然！
尔来④四万八千岁⑤，
不与秦塞⑥通人烟。
西当⑦太白有鸟道⑧，
可以横绝峨眉巅。
地崩山摧壮士死，
然后天梯⑨石栈相钩连。
上有六龙回日之高标⑩，
下有冲波逆折⑪之回川⑫。
黄鹤⑬之飞尚不得过，
猿猱⑭欲度愁攀援。
青泥⑮何盘盘⑯，
百步九折⑰萦⑱岩峦。

扪参历井⑲仰胁息⑳,
以手抚膺㉑坐㉒长叹。

问君㉓西游何时还?
畏途㉔巉岩㉕不可攀。
但见㉖悲鸟号古木㉗,
雄飞雌从绕林间。
又闻子规㉘啼夜月,愁空山。
蜀道之难,难于上青天,
使人听此凋朱颜㉙!
连峰去㉚天不盈㉛尺,
枯松倒挂倚绝壁。
飞湍㉜瀑流争喧豗㉝,
砯崖㉞转石万壑雷。
其险也如此,

嗟尔远道之人胡为乎来哉！

剑阁峥嵘而崔嵬，
一夫当关，万夫莫开。
所守或匪亲，化为狼与豺。
朝避猛虎，夕避长蛇，
磨牙吮血，杀人如麻。
锦城虽云乐，不如早还家。
蜀道之难，难于上青天，
侧身西望长咨嗟！

译文：

啊，多么高峻伟岸！

蜀道难以攀越，简直难于上青天。

传说中蚕丛和鱼凫建立了蜀国，开国的年代实在久远！

从那时至今约有四万八千年了吧，秦蜀被秦岭所阻，从不沟通往来。

西边太白山高峻无路，只有飞鸟可通行，直到蜀国的峨眉山巅。

山崩地裂，埋葬了五位开山英雄壮士，从那以后，高险的山路和栈道才相互连通。

蜀中上有挡住太阳神六龙车的山巅，下有激浪排空迂回曲折的大河。

善于高飞的黄鹤尚且无法飞过，即使猕猴要想翻过，也愁于攀缘。

青泥岭的泥路曲曲弯弯，百步九折萦绕着山峦。

屏住呼吸，仰头就可触摸参星和井星，紧张得透不过气来，用手抚胸，长吁短叹。

请问你西游何时回还？这蜀道的峭岩险道实在难以登攀。

只见那悲鸟在古树上哀鸣啼叫，雄雌相随飞绕在茂密树丛之间。

月夜又听到杜鹃凄凉悲啼，像人的愁思在空山中传响回荡。

蜀道难以攀越，简直难于上青天，使人听到这些不免脸色突变！

山峰座座相连，离天还不到一尺，枯松老枝倒挂倚贴在绝壁之间。

漩涡飞转，瀑布飞泻，争相喧闹着，飞流撞击着巨石像万壑鸣雷一般。

这样危险的地方，啊，你这个远方而来的客人，为什么非要来这里不可呢？

剑阁所在的山峰高入云端，只要一人把守，千军万马也难攻占。

驻守的官员倘若不是可信赖的人，难免要变为豺狼，据险作乱。

每日每夜都要躲避猛虎和长蛇，它们磨牙吮血，杀人如麻。

虽然说锦官城是个快乐的所在，如此险恶，还不如早早地把家还。

蜀道难以攀越，简直难于上青天，侧身西望，令人不免感慨与长叹！

注释：

①蜀道难：古乐府旧题。

②噫吁嚱：惊叹声，蜀方言，表示惊讶的声音。

③蚕丛及鱼凫：传说中古蜀国两位国王的名字。

④尔来：从那时以来。

⑤四万八千岁：夸张的手法，极言时间之漫长。

⑥秦塞：秦的关塞，指秦地。秦地四周有山川险阻，故称"四塞之地"。

⑦西当：西面正对着。

⑧鸟道：指连绵高山间的低缺处，只有鸟能飞过，人迹所不能至。

⑨天梯：指非常陡峭的山路。
⑩高标：指蜀山中可作一方之标志的最高峰。
⑪逆折：倒流。
⑫回川：有漩涡的河流。
⑬黄鹤：黄鹄（hú），善飞的大鸟。
⑭猿猱：蜀山中最善攀缘的猴类。
⑮青泥：青泥岭，在今甘肃徽县南、陕西略阳县北。
⑯盘盘：曲折盘旋的样子。
⑰百步九折：百步之内拐九道弯。
⑱萦：盘绕。
⑲扪参历井：参、井是二星宿名。扪，用手摸。历，经过。
⑳胁息：屏气不敢呼吸。
㉑膺：胸。
㉒坐：徒，空。
㉓君：入蜀的友人。
㉔畏途：可怕的路途。
㉕巉岩：险恶陡峭的山壁。
㉖但见：只听见。
㉗号古木：在古树上大声啼鸣。
㉘子规：即杜鹃鸟，蜀地最多，鸣声悲哀。
㉙凋朱颜：红颜带忧色，如花凋谢。凋，使动用法，使……凋谢，这里指脸色由红润变成铁青。
㉚去：距离。
㉛盈：满。
㉜飞湍：飞奔而下的急流。
㉝喧豗：喧闹声，这里指急流和瀑布发出的巨大响声。
㉞砯崖转石：急流和瀑布冲击山崖，石块滚滚而下。砯，水冲击石壁发出的响声，这里作动词用，冲击的意思。转，使滚动。
㉟嗟：感叹声。
㊱尔：你。
㊲胡为：为什么。
㊳峥嵘而崔嵬：形容山势高大雄峻的样子。
㊴所守：指把守关口的人。
㊵或匪亲：倘若不是可信赖的人。匪，同"非"。
㊶咨嗟：叹息。

明末清初 王鉴 仿范宽山水图

题破山寺后禅院①

常建

清晨②入③古寺④，初日⑤照⑥高林⑦。
曲径⑧通幽⑨处，禅房⑩花木深。
山光悦⑪鸟性，潭影⑫空⑬人心。
万籁⑭此⑮都⑯寂，但余⑰钟磬⑱音。

译文：

清晨，我进入这古老寺院，初升的太阳照在山林上。
弯弯曲曲的小路通向幽深处，禅房掩映在繁茂的花木丛中。
山光明媚，使飞鸟更加欢悦。潭水清澈，临潭照影，令人内心清净。
此时此刻，万物都沉默静寂，只留下敲钟击磬的声音。

注释：

①破山寺：即兴福寺，在今江苏常熟市西北虞山上。
②清晨：早晨。
③入：进入。
④古寺：指破山寺。
⑤初日：早上的太阳。
⑥照：照耀。
⑦高林：高树之林。
⑧曲径：弯弯曲曲的小路。
⑨幽：幽静。
⑩禅房：僧人居住修行的地方。
⑪悦：此处为使动用法，使……悦。
⑫潭影：清澈潭水中的倒影。
⑬空：此处为使动用法，使……空。

⑭万籁：各种声音。籁，从孔穴里发出的声音，泛指声音。
⑮此：在此，即在后禅院。
⑯都：一作"俱"。
⑰但余：只留下。
⑱钟磬：佛寺中用来召集众僧的打击乐器。磬，古代用玉或金属制成的曲尺形的打击乐器。

◇ 清 方琮 山水图

谷口书斋寄杨补阙

钱起

泉壑带茅茨，云霞生薜帷。
竹怜新雨后，山爱夕阳时。
闲鹭栖常早，秋花落更迟。
家僮扫萝径，昨与故人期。

译文：

山泉与沟壑萦绕着茅屋，云霞掩映着帷幕般的薜荔。
雨后新竹的色彩多么叫人喜爱，夕阳下的山色更艳丽可爱。
悠闲的白鹭早早回巢栖宿，秋日的花朵落得更迟。
家仆正打扫长着绿萝的小径，我昨天与老友相约，盼着他到来。

注释：

①谷口：古地名，指陕西蓝田辋川谷口。
②杨补阙：作者的友人。补阙，官名，职责是向皇帝进行规谏。
③泉壑：这里指山水。
④茅茨：原指用茅草盖的屋顶，此指茅屋。
⑤薜帷：长得似帷帐的薜荔。薜荔是一种常绿灌木。
⑥怜：可爱。
⑦新雨：刚下过的雨。
⑧山：即谷口。
⑨迟：晚。
⑩家僮：即家童，古时对私家奴仆的统称。
⑪萝径：长满绿萝的小路。
⑫昨：先前。

明 吕纪 残荷鹰鹭图

107

华子冈[1]

裴迪

日落松风[2]起，
还家草露晞[3]。
云光[4]侵[5]履迹[6]，
山翠[7]拂人衣。

译文：

  夕阳西下，松林之中传来阵阵清风。走在回家的路上，青草上的露珠已干。

  落日的余晖逐渐侵染我走过的足迹，山色苍翠，宛若轻拂我的衣衫。

注释：

  [1]华子冈：王维的隐居地辋川别墅中的风景点。裴迪是王维的挚友。

  [2]松风：松林之风。

  [3]晞：晒干。

  [4]云光：云雾和霞光，傍晚的夕阳余晖。

  [5]侵：逐渐侵染，掩映。

  [6]履迹：人的足迹。履，鞋。

  [7]山翠：苍翠的山气。

◇ 元 盛懋 坐看云起图

登岳阳楼[1]

杜甫

昔闻洞庭水，今上岳阳楼。
吴楚东南坼[2]，乾坤[3]日夜浮。
亲朋无一字[4]，老病[5]有孤舟。
戎马[6]关山北[7]，凭轩[8]涕泗流[9]。

译文：

以前就听说洞庭湖波澜壮阔，今日终于如愿登上岳阳楼。
浩瀚的湖水把吴楚两地分隔开来，整个天地仿似在湖中日夜浮动。
亲朋好友们音信全无，我年老多病，乘孤舟四处漂流。
关山以北战争烽火仍未止息，凭栏遥望，胸怀家园，泪水横流。

注释：

①岳阳楼：即岳阳城西门楼，在湖南省岳阳市，下临洞庭湖，为游览胜地。
②坼：分裂。
③乾坤：指日月。
④无一字：音信全无。字，这里指书信。
⑤老病：杜甫时年五十七岁，身患肺病、风痹，右耳已聋。
⑥戎马：指战争。
⑦关山北：北方边境。
⑧凭轩：靠着窗户或廊上的栏杆。
⑨涕泗流：眼泪禁不住地流淌。

◇ 明 佚名 云山楼阁图

客至①

杜甫

舍②南舍北皆春水,
但见③群鸥日日来。
花径不曾缘客扫,
蓬门④今始为君开。
盘飧市远⑤无兼味⑥,
樽⑦酒家贫只旧醅⑧。
肯⑨与邻翁相对饮,
隔篱呼取尽余杯⑩。

译文:

草堂的南北涨满了春水,只见鸥群日日结队飞来。

老夫不曾为客人扫过花径,今天才为您打扫,这柴门不曾为客人敞开,今天为您打开。

离集市太远,盘中无甚菜肴,家境贫寒,只有陈酒招待。

如肯与邻家老翁举杯一起对饮,那我就隔着篱笆将他唤来。

注释:

①客至:即客人到来,客指崔明府。明府,县令的美称。
②舍:指诗人居住的成都浣花溪草堂。
③但见:只见。
④蓬门:用蓬草编成的门户,以示房子简陋。
⑤市远:离市集远。
⑥兼味:多种美味佳肴。

⑦樽：酒器。
⑧旧醅：陈酒。
⑨肯：能否允许，这是向客人征询。
⑩余杯：余下来的酒。

明 文徵明 山庄客至图

登高[1]

杜甫

风急天高猿啸哀[2],
渚[3]清沙白鸟飞回[4]。
无边落木[5]萧萧[6]下,
不尽长江滚滚来。
万里[7]悲秋常作客[8],
百年[9]多病独登台。
艰难[10]苦恨繁霜鬓[11],
潦倒新停[12]浊酒杯。

译文:

风急天高,猿猴啼叫,显得十分悲哀,水清沙白的河洲上有鸟儿在盘旋。

无边无际的树木萧萧地飘下落叶,望不到头的长江水滚滚而来。

面对秋景感慨自己万里漂泊,常年为客,晚年疾病缠身,今日独上高台。

生活的艰难苦恨让我白发如霜,衰颓满心,偏又刚刚暂停了浇愁的酒杯。

注释:

①登高:古代农历九月九日民间有登高习俗。
②啸哀:指猿的叫声凄厉。
③渚:水中的小洲,水中的小块陆地。
④鸟飞回:鸟在急风中飞舞盘旋。回,回旋。
⑤落木:指秋天飘落的树叶。

⑥萧萧：模拟草木飘落的声音。
⑦万里：指远离故乡。
⑧常作客：长期漂泊他乡。
⑨百年：这里借指晚年。
⑩艰难：兼指国运和自身命运。
⑪繁霜鬓：白发增多，如鬓边有霜雪。
⑫新停：刚刚停止。杜甫晚年因病戒酒，故称"新停"。

◇ 清 龚贤 山水图（局部）

鸟鸣涧[1]

王维

人 xián guì huā luò
人 闲[2] 桂 花 落，
yè jìng chūn shān kōng
夜 静 春 山[3] 空[4]。
yuè chū jīng shān niǎo
月 出 惊[5] 山 鸟，
shí míng chūn jiàn zhōng
时 鸣[6] 春 涧 中。

译文：

　　寂静的山谷中，只有桂花飘落；宁静的夜色中，春山一片空寂。

　　月亮升起，月光照耀大地，惊动了山中的鸟儿，它们在春天的溪涧里不时地鸣叫。

注释：

①鸟鸣涧：鸟儿在山涧中鸣叫。
②人闲：指没有人事活动相扰。闲，安静、悠闲，含有人声寂静的意思。
③春山：春日的山，亦指春日山中。
④空：空寂，空空荡荡，形容山中寂静无声，好像空无所有。
⑤惊：惊动。
⑥时鸣：偶尔啼叫。

◇ 清 沈铨 桂鹤图

月夜

刘方平

更深^①月色半人家^②,
北斗^③阑干^④南斗^⑤斜。
今夜偏知^⑥春气暖,
虫声新透^⑦绿窗纱。

译文:

夜深了,月光斜照半边庭院,北斗星横在天上,南斗星也已倾斜。

今夜才感知到初春的暖意,那被树叶映绿的窗纱外,传来了阵阵虫鸣声。

注释:

①更深:夜深了。古时计算时间,一夜分成五更。

②月色半人家:月光只照亮了人家庭院的一半,另一半隐藏在黑暗里。

③北斗:在北方天空排列成斗形的七颗亮星。

④阑干:这里指星斗横斜的样子。

⑤南斗:即南斗六星,由六颗星组成,在北斗星以南,形似斗,故称"南斗"。

⑥偏知:才知,表示出乎意料。

⑦新透:第一次透过。

清 石涛 山水图

滁州西涧①

韦应物

dú lián yōu cǎo jiàn biān shēng
独怜③幽草④涧边生，
shàng yǒu huáng lí shēn shù míng
上有黄鹂深树⑤鸣。
chūn cháo dài yǔ wǎn lái jí
春潮⑥带雨晚来急，
yě dù wú rén zhōu zì héng
野渡⑦无人舟自横⑧。

译文：

  我最喜欢在涧边幽谷里生长的野草，还有那树林深处婉转啼鸣的黄鹂。

  傍晚时分，春潮带着雨水而来，水势顿见湍急。荒野渡口没有人，只有一只小船在水面漂浮。

注释：

  ①滁州：在今安徽滁州以西。
  ②西涧：在滁州城西，俗称上马河。
  ③独怜：特别喜爱。
  ④幽草：幽谷里的小草。
  ⑤深树：枝叶茂密的树。
  ⑥春潮：春天的潮汐。
  ⑦野渡：郊野的渡口。
  ⑧横：指随意漂浮。

◇ 元 高克恭 夏山过雨图

渔翁

柳宗元

渔翁夜傍西岩①宿,
晓汲②清湘③燃楚竹。
烟销④日出不见人,
欸乃⑤一声山水绿。
回看天际下中流⑥,
岩上无心云相逐。

译文:

渔翁晚上停船,靠着西山歇宿,早上汲取清澈的湘水,燃烧楚竹做饭。

日出时,云雾散尽,四周悄然无声,渔翁摇橹的声音从碧绿的山水间传出。

回望天边,渔船已进入中流,山上的白云正在随意飘浮,相互追逐。

注释:

①西岩:当指永州境内的西山。
②汲:取水。
③湘:湘江之水。
④销:消散。
⑤欸乃:象声词,指桨声或长呼之声。
⑥下中流:由中流而下。

◇ 元 盛懋 秋林渔隐图

野望

王绩

东皋①薄暮②望,徙倚③欲何依④。
树树皆秋色,山山唯落晖⑤。
牧人驱犊⑥返,猎马带禽⑦归。
相顾无相识,长歌怀采薇⑧。

译文:

傍晚时分,我在东皋远望,徘徊不定,不知该归依何方。
每棵树都染上秋天的色彩,重重山岭都披覆着落日的余晖。
牧人驱赶着牛群返回家园,猎人骑着马带着猎物各自回家。
大家相对无言,彼此互不相识,我长啸高歌,真想隐居在山冈。

注释:

①东皋:诗人房舍东边的高地,即诗人隐居的所在。
②薄暮:傍晚。薄,迫近。
③徙倚:徘徊,来回地走。
④依:归依。
⑤落晖:落日。
⑥犊:小牛,这里指牛群。
⑦禽:鸟兽,这里指猎物。
⑧采薇:采食野菜。薇,一种植物。相传,周武王灭商后,伯夷、叔齐不愿食周粟,在首阳山上采薇而食,最后饿死。后人以"采薇"代指避世隐居。

◇ 宋 阎次于 山村归骑图(局部)

溪居

柳宗元

久为簪组①累，幸此南夷②谪③。
闲依农圃④邻，偶似⑤山林客⑥。
晓耕翻露草，夜榜响溪石⑦。
来往不逢人，长歌⑧楚天碧。

译文：

长久被官职束缚不得自由，有幸这次被贬谪到边远的永州一带。
闲时常常与农田菜圃为邻，有的时候就像个山间隐士。
清晨，我去耕作，翻除带露水的杂草；傍晚，我伴着水激溪石的声响归去。
我独往独来，碰不到那世俗之人，仰望楚天的碧空而高歌自娱。

注释：

①簪组：古代官吏的冠饰，此指官职。
②南夷：古代对南方少数民族的称呼，此处指永州。
③谪：贬官流放，被降职或调往边远地区。当时作者被贬为永州司马。
④农圃：田园。　⑤偶似：有时好像。　⑥山林客：山林间的隐士。
⑦响溪石：船桨碰溪石时发出的响声。　⑧长歌：放声高歌。

◇　明 文徵明 便面山水图

江雪

柳宗元

qiān shān niǎo fēi jué
千 山 鸟 飞 绝①,
wàn jìng rén zōng miè
万 径② 人 踪③ 灭。
gū zhōu suō lì wēng
孤④ 舟 蓑 笠⑤ 翁,
dú diào hán jiāng xuě
独 钓 寒 江 雪。

译文：

　　所有的山上，飞鸟的身影已经绝迹，所有道路都不见人的踪迹。
　　一位披戴着蓑笠的老翁坐在孤零零的小船上，独自在大雪覆盖的寒冷江面上垂钓。

注释：

①绝：无，没有。
②万径：虚指，指千万条路。
③人踪：人的脚印。
④孤：孤零零。
⑤蓑笠：蓑衣和斗笠。蓑，古代用来防雨的衣服。笠，古代用来防雨的帽子。

◇ 明末清初 项圣谟 雪影渔人图

寄扬州韩绰判官[1]

杜牧

青山隐隐水迢迢[2],
秋尽江南草未凋[3]。
二十四桥[4]明月夜,
玉人[5]何处教[6]吹箫?

译文:

青山隐隐起伏,江水遥远悠长,秋时已尽,江南的草还未枯凋。

明月当空映照着二十四桥,老友你在哪里让人家给你吹箫呢?

注释:

①判官:观察使、节度使的属官。
②迢迢:指江水悠长遥远。
③凋:凋谢。
④二十四桥:指位于江苏省扬州市的吴家砖桥,又叫红药桥,因古时有二十四位美人在桥上吹箫而得名。
⑤玉人:貌美之人。这里是杜牧对韩绰的戏称。
⑥教:使,令。

元 盛懋 山水图(局部)

元日述怀[①]

卢照邻

筮仕[②]无中秩[③]，归耕[④]有外臣[⑤]。
人歌小岁酒，花舞大唐春。
草色迷三径[⑥]，风光动四邻。
愿得长如此，年年物候[⑦]新。

译文：

　　我的官职低微，还未达到中等官位，还是归家种地做隐士吧。

　　今天人们高歌，欢饮庆贺元日的美酒，早开的鲜花也起舞迎接大唐春日。

　　嫩绿的草色掩映着通往居室的小路，美好的风光使左邻右舍非常激动。

　　但愿这样美好的日子能长久，也预祝年年岁岁都有万象更新的好光景。

注释：

①元日：农历正月初一。
②筮仕：古人外出为官，先占卜以问吉凶。
③秩：官吏的职位品级。中秩，即中等官位。"无中秩"是低级官员。秩，县尉为八品以下小官。
④归耕：指辞官家居，未必真的是回家种地。
⑤外臣：隐士的别称。
⑥三径：西汉末年，王莽专权。兖州刺史蒋诩辞官隐居，在院子里修了三条小路，只与求仲、羊仲二人来往。后人遂将隐士的佳处称为"三径"。诗中指代家园。
⑦物候：季节气候所带来的自然界的变化。

清 改琦 山水人物图

乐游原[1]

李商隐

向晚[2]意不适[3],
驱车登古原[4]。
夕阳无限好,
只是近[5]黄昏。

译文:

傍晚时分我心情不太好,独自驱车登上了乐游原。
这夕阳的景致十分美好,只可惜快到黄昏时分。

注释:

①乐游原:在长安(今西安)城南,是唐代长安城内地势最高地,登上它可望长安城。
②向晚:傍晚。
③不适:不悦,不快。
④古原:指乐游原。
⑤近:快要。

◇ 明 沈周 杖藜远眺(局部)

绝句漫兴九首① (其五)

杜甫

肠断春江②欲尽头,
杖藜③徐④步立芳洲⑤。
颠狂⑥柳絮随风去,
轻薄桃花逐水流。

译文：

锦江一带风景秀丽，但春天将尽，怎能让人不伤感呢？我拄着拐杖漫步江畔，站在长满花草的小洲上。只看见柳絮肆无忌惮地随风飞舞，轻薄的桃花追逐着流水而去。

注释：

①漫兴：随兴而作。
②江：指成都的锦江，是岷江支流流经成都的一段。
③杖藜：指拐杖。藜，一种野生草本植物，茎可以用来做拐杖。
④徐：缓慢。
⑤芳洲：长满花草的水中陆地。
⑥颠狂：指放荡不羁。

清 樊圻 山水册页

早秋三首(其一)

许浑

遥夜①泛清瑟,西风②生翠萝③。
残萤栖玉露④,早雁拂金河。
高树晓还密,远山晴更多。
淮南⑤一叶下,自觉洞庭波。

译文:

漫漫长夜中飘荡着琴瑟的清音,翠绿的萝叶间吹起了西风。
残萤栖身于晶莹的露珠上,早飞的大雁掠过秋天的银河。
晨光里高大的树木依旧枝繁叶密,晴空下重叠的远山显得分外清晰。
当淮南的枝头飘落下黄叶时,我料想洞庭湖定是波浪涌起。

注释:

①遥夜:长夜。
②西风:从西面吹来的风,多指秋风。　③翠萝:翠绿的爬蔓植物。
④玉露:晶莹的露珠。
⑤淮南:指淮河以南、长江以北的地区。今特指安徽省中部。

明末清初 项圣谟 秋景图

杳杳寒山道①

寒山②

杳杳寒山道，落落③冷涧滨。
啾啾常有鸟，寂寂更无人。
淅淅④风吹面，纷纷雪积身。
朝朝不见日，岁岁不知春。

译文：

寒山道上一片寂静幽暗，冷寂的涧边一片寥落。

这里常常有鸟儿啾啾地啼鸣，却空虚冷清，罕有人烟。

冷风呼呼地吹着我的脸，雪纷纷扬扬地洒落在我身上。

我住在这里天天见不到阳光，年年不知道有春天。

注释：

①杳杳：幽暗的样子。
②寒山：始丰县（今浙江天台县西）天台山有寒、暗二岩，寒山即寒岩。
③落落：寂静冷落的样子。
④淅淅：拟声词，这里用来形容风声。

宋 杨士贤 寒山飞瀑（局部）

听邻家吹笙 郎士元

凤吹声如隔彩霞，
不知墙外是谁家。
重门深锁无寻处，
疑有碧桃千树花。

译文：

吹笙的声音如隔着彩霞从天而来，不知是从墙外哪一家传来。

重重的大门紧锁，无处可寻，心里猜想这园中有千树的桃花。

注释：

①笙：世界上最早使用自由簧的乐器。
②凤吹声：吹笙的声音。
③重门：重重的大门。
④千树花：千棵桃树上的花。

明 仇英 桃源仙境图（局部）

春行寄兴

李华

宜阳①城下草萋萋②,
涧水东流复向西。
芳树③无人花自落,
春山一路鸟空啼。

译文:

　　宜阳城外,长满了繁盛的野草;山涧溪水向东流去,而后又折回向西流。

　　树木繁茂芬芳,没有人照顾的花儿自开自落;山路上春光无限,空荡寂静,只能听到鸟叫声。

注释:

　　①宜阳:古县名,在今河南省洛阳市西部,在唐代是个重要的游览去处。
　　②萋萋:草繁茂的样子。
　　③芳树:泛指佳木、花木。

明末清初 李因 芙蓉鸳鸯图

采莲曲二首（其二）

王昌龄

荷叶罗裙①一色裁②，
芙蓉③向脸两边开。
乱入池中看不见④，
闻歌始觉有人来。

译文：

　　采莲女的罗裙绿得像荷叶一样，少女的脸庞与盛开的荷花相互映照。

　　碧罗裙和芙蓉面混杂在荷花池中，让人难以辨认，听到歌声才发觉池中有人来采莲。

注释：

①罗裙：用细软而有疏孔的丝织品制成的裙子。
②一色裁：像是用同一种颜色的衣料剪裁的。
③芙蓉：指荷花。
④看不见：指难以辨认哪是芙蓉的绿叶红花，哪是少女的绿裙红颜。

◇ 明末清初 项圣谟 花卉图

夜宿①山寺

李白

危楼②高百尺③,
手可摘星辰。
不敢高声语④,
恐⑤惊⑥天上人。

译文:

山顶的寺院好似有百尺之高,站在上边仿佛都能摘下星辰。我不敢高声说话,唯恐惊动了天上的仙人。

注释:

①宿:住,过夜。
②危楼:高楼,这里指山顶的寺庙。
③百尺:这里是虚指,形容楼很高。
④语:说话。
⑤恐:唯恐,害怕。
⑥惊:惊动。

◇ 宋 佚名 高阁凌空图

峨眉山月歌[①]

李白

峨眉山月半轮秋[②],
影[③]入平羌[④]江水流。
夜发[⑤]清溪[⑥]向三峡[⑦],
思君不见下[⑧]渝州[⑨]。

译文:

　　半轮明月高高地悬挂在峨眉山前,青衣江澄澈的水面倒映着月影。

　　夜间乘船出发,离开清溪直奔三峡。想你却难相见,只能依依不舍地顺江去往渝州。

注释:

①峨眉山:在今四川峨眉县西南。
②半轮秋:半圆的秋月。
③影:月光的影子。
④平羌:即青衣江,在峨眉山东北。
⑤发:出发。
⑥清溪:指清溪驿,属四川犍为,在峨眉山附近。
⑦三峡:指长江瞿塘峡、巫峡、西陵峡,在今重庆市和湖北省的交界处。
⑧下:顺流而下。
⑨渝州:今重庆。

◇ 元 盛懋 三峡瞿塘图(局部)

望庐山瀑布

李白

日照香炉①生紫烟②,
遥看③瀑布挂④前川⑤。
飞流直⑥下三千尺⑦,
疑是银河⑧落九天⑨。

译文:

　　香炉峰在阳光的照射下生起紫色烟云,远远看去,瀑布好似白色的绢绸悬挂在山前。

　　高崖上飞腾直落的瀑布好像有几千尺,让人怀疑是银河从天上泻落到人间。

注释:

①香炉:指香炉峰。
②紫烟:指日光透过云雾,远望如紫色的烟云。
③遥看:从远处看。
④挂:悬挂。
⑤川:河流,这里指瀑布。
⑥直:笔直。
⑦三千尺:形容山高。这里是夸张的说法。
⑧银河:古人指银河系构成的带状星群。
⑨九天:古人认为天有九重,九天是天的最高层,九重天,即天空最高处。此句极言瀑布落差之大。

◇ 宋 夏圭 松下观瀑

独坐敬亭山①

李白

众鸟高飞尽，
孤云独去闲②。
相看两不厌③，
只有敬亭山。

译文：

山中群鸟高飞远去，一片孤独的云彩也悠然飘走。

敬亭山和我对视着，谁都看不够，看来理解我的只有这敬亭山了。

注释：

①敬亭山：在今安徽宣城北。

②闲：形容云彩飘来飘去、悠闲自在的样子。

③两不厌：指诗人和敬亭山彼此不相厌。厌，满足。

明末清初 弘仁 林泉春暮图（局部）

秋登宣城谢朓北楼[2]

李白

jiāng chéng rú huà lǐ　　shān wǎn wàng qíng kōng
江城[3]如画里，山[4]晚望晴空。
liǎng shuǐ jiā míng jìng　　shuāng qiáo luò cǎi hóng
两水[5]夹明镜[6]，双桥[7]落彩虹。
rén yān hán jú yòu　　qiū sè lǎo wú tóng
人烟[8]寒橘柚，秋色老梧桐。
shéi niàn běi lóu shàng　　lín fēng huái xiè gōng
谁念北楼[9]上，临风怀谢公[10]。

译文：

　　江边的城池好像在画中一样美丽，山色渐晚，我登上谢朓楼远眺晴空。

　　在宛溪与句溪之间，一潭湖水像一面明亮的镜子一样，凤凰桥与济川桥的桥影，如同落入人间的彩虹。

村落间泛起的薄薄炊烟缭绕于橘柚间,深秋时节的梧桐变得枯黄衰老。

除了我,还有谁会想着到北楼来,迎着萧飒的秋风怀念谢公呢?

注释:

①宣城:唐宣州,天宝元年(公元742年)改为宣城郡,今属安徽。
②谢朓北楼:即谢朓楼,又名谢公楼,唐代改名为叠嶂楼,故址在陵阳山顶,是宣城的登览胜地。
③江城:泛指水边的城,这里指宣城。
④山:指陵阳山,在宣城。
⑤两水:指宛溪、句溪。宛溪上有凤凰桥,句溪上有济川桥。
⑥明镜:指拱桥桥洞和它在水中的倒影合成的圆形,像明亮的镜子一样。
⑦双桥:指横跨溪水的上、下两桥。上桥即凤凰桥,在宣城东南的泰和门外;下桥即济川桥,在宣城东阳德门外。
⑧人烟:人家里的炊烟。
⑨北楼:即谢朓楼。
⑩谢公:谢朓。

明 文徵明 山水卷(局部)

逢雪宿芙蓉山主人

刘长卿

日暮苍山远，
天寒白屋贫。
柴门闻犬吠，
风雪夜归人。

译文：

暮色降临，山色苍茫，越来越觉得路途遥远；天气寒冷，茅草屋显得这户人家更加贫困。

柴门外忽然传来狗叫声，原来是有人冒着风雪回家了。

注释：

①逢：遇上。
②宿：投宿，借宿。
③芙蓉山主人：芙蓉山，各地以"芙蓉"命山名者甚多，这里大约是指湖南桂阳或宁乡的芙蓉山。主人，即留人借宿者。
④日暮：傍晚的时候。
⑤苍山远：青山在暮色中影影绰绰，显得很远。苍，青色。
⑥白屋：未加修饰的简陋茅草房，一般指贫苦人家。
⑦犬吠：狗叫。
⑧夜归人：夜间回来的人。

明 董其昌 九峰寒翠图（局部）

绝句

杜甫

liǎng gè huáng lí míng cuì liǔ
两个黄鹂①鸣翠柳，
yī háng bái lù shàng qīng tiān
一行白鹭②上青天。
chuāng hán xī lǐng qiān qiū xuě
窗含③西岭④千秋雪，
mén bó dōng wú wàn lǐ chuán
门泊东吴⑤万里船。

译文：

两只黄鹂在翠绿的柳条间鸣叫，白鹭排成行迎着春风飞上青天。

那西岭的雪峰啊，像一幅美丽的画嵌在窗框里，往来东吴的航船就停泊在门旁。

注释：

①黄鹂：黄莺，鸣声悦耳。
②白鹭：鹭鸶，羽毛纯白，能高飞。
③窗含：由窗往外望西岭，西岭好似嵌在窗框中。
④西岭：即成都西南的岷山，山上积雪常年不化，所以说"千秋雪"。这是想象之词。
⑤东吴：指长江下游的江苏一带。

清 李鱓 花鸟图

望岳

杜甫

岱宗①夫如何？齐鲁青②未了③。
造化④钟⑤神秀⑥，阴阳⑦割⑧昏晓⑨。
荡胸⑩生层云，决眦⑪入归鸟。
会当⑫凌绝顶⑬，一览众山小。

译文：

　　五岳之首的泰山怎么样？在齐鲁大地上，那苍翠的美好山色没有尽头。

　　大自然把神奇秀丽的景象全都汇聚其中，山南山北阴阳分界，晨昏迥然不同。

　　望着那升腾的层层云气，心胸摇荡；睁大眼睛远望归鸟入山，眼角好像要裂开一样。

　　定要登上那最高峰，俯瞰在泰山面前显得渺小的群山。

注释：

①岱宗：泰山，也叫岱山或岱岳，在今山东省泰安市城北。古代以泰山为五岳之首、诸山所宗，故泰山又称"岱宗"。

②青：指山色。

③未了：不尽。

④造化：大自然。

⑤钟：聚集。

⑥神秀：天地之灵气，神奇秀美。

⑦阴阳：这里指泰山的南北。阴指山的北面，水的南面；阳指山的南面，水的北面。

⑧割：分，是夸张的说法。此句是说泰山很高，在同一时间，山南山北判若早晨和晚上。

⑨昏晓：黄昏和早晨。
⑩荡胸：心胸摇荡。
⑪决眦：眼眶（几乎）要裂开。这是由于极力张大眼睛远望归鸟入山所致。眦，眼眶。
⑫会当：终当，定要。
⑬凌绝顶：即登上最高峰。凌，登上。

明 文徵明 千岳竞秀图（局部）

江畔独步寻花（其五）

杜甫

黄师塔[1]前江水东，
春光懒困[2]倚[3]微风。
桃花一簇[4]开无主[5]，
可爱深红爱浅红？

译文：

黄师塔前江水向东流去，温暖的春天使人困倦，只想倚着春风小憩。

一丛无人照管的桃花开得正盛，究竟是爱深红还是爱浅红呢？

注释：

①黄师塔：一位黄姓僧人所葬之塔。
②懒困：疲倦困怠。
③倚：靠着。
④簇：丛。
⑤无主：无人照管和玩赏。

江畔独步寻花（其六）

杜甫

黄四娘①家花满蹊②，
千朵万朵压枝低。
留连③戏蝶时时舞，
自在娇④莺恰恰⑤啼。

宋 佚名 花鸟长卷

译文：

黄四娘家周围的小路开满鲜花，万千花朵压得枝条低垂下来。
彩蝶在花间飞舞嬉戏不舍离去，自由自在的小黄莺叫声悦耳动人。

注释：

①黄四娘：杜甫住在成都草堂时的邻居。
②蹊：小路。
③留连：即留恋，舍不得离去。
④娇：可爱的样子。
⑤恰恰：拟声词，形容鸟叫声音和谐动听。

曲江二首（其二）

杜甫

朝回②日日典③春衣，
每日江头尽醉归。
酒债④寻常行处⑤有，
人生七十古来稀。
穿花蛱蝶深深⑥见，
点水蜻蜓款款⑦飞。
传语⑧风光⑨共流转⑩，
暂时相赏莫相违⑪。

译文：

  上朝回来，天天去典当春天穿的衣服，每天用换得的钱到江头买酒喝，直到喝醉了才肯回来。

  到处都欠着酒债，那是寻常小事，能够活到七十岁的人，自古以来很少。

  蝴蝶在花丛深处飞来飞去，蜻蜓在水面徐徐飞舞，时不时点一下水。

  传话给春光，让我与春光一起逗留吧，虽是暂时相赏，也不要错过。

注释：

①曲江：即曲江池，在唐长安城东南郊，是当时的游览胜地。
②朝回：上朝回来。
③典：典当。
④债：欠人的钱。
⑤行处：到处。

⑥深深：在花丛深处。
⑦款款：形容徐缓的样子。
⑧传语：传话给。
⑨风光：春光。
⑩共流转：一起逗留。
⑪违：违背，错过。

◇ 明 佚名 画岩壑清晖册（局部）

江村[1]

杜甫

清江[2]一曲[3]抱[4]村流，
长夏[5]江村事事幽[6]。
自去自来[7]梁上燕，
相亲相近[8]水中鸥。
老妻画纸为棋局[9]，
稚子[10]敲针作钓钩。
但有故人供禄米[11]，
微躯[12]此外更何求？

译文：

浣花溪清澈的江水曲折地绕村流过，长长的夏日里，村中的一切都显得宁静安闲。

梁上的燕子自由自在地飞来飞去，水中的白鸥相亲相近，相伴相随。

相伴多年的妻子在纸上画着棋盘，年幼的儿子敲弯了针制成钓钩。

只要有老朋友给予一些钱米，我这微贱之人还有什么奢求呢？

注释：

①江村：江畔的村庄。
②清江：清澈的江水。
③曲：曲折。
④抱：环绕。

⑤长夏:长长的夏日。
⑥幽:宁静,安闲。
⑦自去自来:来去自由,无拘无束。
⑧相亲相近:相互亲近。
⑨画纸为棋局:在纸上画棋盘。
⑩稚子:年幼的儿子。
⑪禄米:古代官吏的俸给,这里指钱米。
⑫微躯:微贱的身躯,此处为作者自谦之词。

◇ 清 萧晨 杨柳暮归图(局部)

水槛遣心二首（其一）

杜甫

去郭②轩楹③敞，无村眺望赊④。
澄江平少岸，幽树晚多花。
细雨鱼儿出，微风燕子斜。
城中⑤十万户，此地两三家。

译文：

草堂远离喧闹的城郭，庭院开阔宽敞，四周没有村落阻挡视线，一望无边。

澄清的江水几乎与江岸一样高，因而很少看到江岸；幽静的树林里，黄昏时还有很多鲜花开着。

细雨蒙蒙，鱼儿欢快地跃出水面；微风习习，燕子倾斜着掠过天空。

城里拥挤着十万人家，熙熙攘攘；这里却只有两三户人家点着灯火，清闲幽静。

注释：

①水槛（jiàn）：指水亭之栏杆，可以凭栏眺望，身心舒畅。
②去郭：远离城郭。
③轩楹：廊柱，这里指轩廊。轩，长廊。楹，柱子。
④无村眺望赊：因附近无村庄遮蔽，所以能望得很远。赊，长，远。
⑤城中：指成都。

明 李流芳 山水手卷（局部）

绝句漫兴九首（其七）

杜甫

糁①径杨花铺白毡,
点溪荷叶叠青钱。
笋根雉子②无人见,
沙上凫③雏傍母眠。

译文：

　　飘落在小路上的细碎杨花，就像铺开的白毡子；点缀在溪上的嫩荷，像青铜钱似的一个叠着一个。

　　一只只幼小的野鸡隐伏在竹笋旁，没有人能看见；河岸的沙滩上，小野鸭依偎在母亲身旁安然入睡。

注释：

①糁：散。
②雉子：雉的幼雏。雉，通称野鸡，善走。
③凫：野鸭。

清 边寿民 晴沙集影图

绝句

杜甫

迟日①江山丽，
春风花草香。
泥融②飞燕子，
沙暖睡鸳鸯③。

译文：

　　江山沐浴着春光，如此秀丽，春风送来花草的芳香。

　　泥土随着春天的来临而融化，变得松软；燕子衔泥筑巢，暖和的沙子上睡着成双成对的鸳鸯。

注释：

①迟日：即春日，典出《诗经》："春日迟迟"。
②泥融：这里指冰冻的泥土融化，既软又湿润。
③鸳鸯：一种水鸟，雄鸟与雌鸟常双双出没。

明 陆治 花鸟扇面

绝句二首（其二）

杜甫

江碧鸟[①]逾白，
山青花欲燃[②]。
今春看又过，
何日是归年。

译文：

　　碧绿的江水把鸟儿的羽毛映衬得更加洁白，山色青翠欲滴，红艳的野花似乎将要燃烧起来。

　　今年春天眼看就要过去，何年何月才是我归乡的时节？

注释：

①鸟：指江鸥。
②花欲燃：形容花红似火。

清 王原祁 山水图

望天门山

李白

天门中断[2]楚江[3]开[4],
碧水东流至此[5]回[6]。
两岸青山相对出[7],
孤帆一片日边来[8]。

译文：

  长江犹如巨斧一般劈开天门山，碧绿的江水滚滚东流到这里，又向北流去。

  两岸青山互相对峙，美景难分高下，一只小船从太阳升起的地方悠悠驶来。

注释：

  ①天门山：在今安徽当涂西南长江两岸，东名博望山，西名梁山。两山夹江而立，就像一座门户，所以称"天门"。

  ②中断：江水从中间隔断两山。

  ③楚江：当涂一代古代属于楚国，所以诗人把流经这里的长江叫作楚江。　④开：劈开，断开。

  ⑤至此：意为东流的江水在这里转向北流。

  ⑥回：回旋，回转，诗中指这一段江水由于地势险峻而方向有所改变，所以更加汹涌。

  ⑦出：突出，出现。

  ⑧日边来：指孤舟从天水相接处的远方驶来，远远望去，仿佛来自日边。

◇ 清 王翚 唐寅诗意图（局部）

题竹林寺[1]

朱放

岁月人间促[2],
烟霞此地多。
殷勤[3]竹林寺,
更得几回过[4]。

译文：

　　岁月消磨，人难免会有改变，但这竹林寺的烟霞美景没有因为时过境迁而消散。我爱这烟霞和竹林寺，但是不知道今后能否再来欣赏这美景。

注释：

①竹林寺：在庐山仙人洞旁。
②促：短暂。
③殷勤：亲切的情意。
④过：访问。

◇ 元 顾安 新篁图（局部）

小儿垂钓

胡令能

蓬头①稚子②学垂纶③，
侧坐莓④苔⑤草映身。
路人借问⑥遥招手，
怕得鱼惊不应⑦人。

译文：

  一个头发蓬乱的小孩在河边学钓鱼，侧身坐在青苔上，绿草掩映着他的身影。

  听到有人问路，他远远地摆了摆手，不敢回应路人，生怕惊动了鱼儿。

注释：

  ①蓬头：头发乱蓬蓬的，形容小孩可爱。
  ②稚子：年龄小的、懵懂的孩子。
  ③垂纶：钓鱼。纶，钓鱼用的丝线。
  ④莓：一种野草。
  ⑤苔：苔藓植物。
  ⑥借问：向人问路。
  ⑦应：回应，答应，理睬。

◇ 明 缪辅 鱼藻图

城东早春①

杨巨源

诗家②清景③在新春④,
绿柳才黄⑤半未匀。
若待上林⑥花似锦,
出门俱⑦是看花人⑧。

译文:

早春的清新景色,正是诗人的最爱。绿柳枝头刚刚露出嫩芽,鹅黄之色尚未均匀。

若是等到长安城中花开似锦之际,满城都是赏花郊游的人。

注释:

①城:指唐代京城长安。
②诗家:诗人的统称,并不仅指作者自己。
③清景:清秀美丽的景色。
④新春:即早春。
⑤才黄:刚刚露出嫩黄的柳眼。
⑥上林:上林苑,故址在今陕西西安市西,建于秦代,汉武帝时加以扩充,为汉宫苑。诗中用来代指唐时长安。
⑦俱:全,都。
⑧看花人:此处双关,指及第者。唐朝时有中举的进士在长安城中看花的风俗。

◇◇ 明末清初 蓝瑛 白云红树图(局部)

浪淘沙词①

刘禹锡

九曲②黄河万里沙，
浪淘风簸③自天涯④。
如今直上银河⑤去，
同到牵牛织女家。

译文：

　　万里黄河弯弯曲曲地挟带着泥沙，波涛滚滚，如巨风掀簸，来自天涯。

　　如今可以沿着黄河直接飞上银河，请你带上我一起去寻访牛郎织女的家。

注释：

①浪淘沙：唐代的一种曲名。
②九曲：自古相传黄河有九道弯，形容弯弯曲曲的地方很多。
③簸：颠动，摇晃。
④自天涯：来自天边。
⑤直上银河：古人认为黄河与天上的银河相通。

◇ 明 陈洪绶 黄流巨津图

晚春[1]

韩愈

草树知春不久归[2],
百般红紫[3]斗芳菲。
杨花榆荚[4]无才思,
惟解[5]漫天作雪飞。

清 恽寿平 湖山春暖图

译文:

　　花草树木得知春天不久就要离去,都想留住春天的脚步,竞相开放,于是万紫千红、繁花似锦。
　　可怜杨花和榆钱没有艳丽的姿色,只知道随风飘飞,好似片片雪花。

注释:

①晚春:春季的最后一段时间。
②不久归:这里指春天很快就要过去了。
③百般红紫:即万紫千红、色彩缤纷的春花。
④榆荚:榆树的果实,初春时先于叶而生,连缀成串,形似铜钱,也叫榆钱。
⑤惟解:只知道。惟,通"唯"。

早春呈水部[①]张十八员外[②]

韩愈

天街[③]小雨润如酥[④]，
草色遥看近却无。
最是[⑤]一年春好处，
绝胜[⑥]烟柳满皇都[⑦]。

明 沈周 西山雨观图

译文：

　　长安街上细密的春雨温润如酥，远望草色依稀连成一片，近看时却显得稀疏。

　　一年之中最美的就是这早春，远胜过春末时绿柳满城的景色。

注释：

①呈：恭敬地送给。
②水部张十八员外：指张籍，唐代诗人，他在同族兄弟中排行第十八，曾任水部员外郎。
③天街：京城街道。
④润如酥：细腻如酥。酥，动物的油，这里形容春雨细腻。
⑤最是：正是。
⑥绝胜：远远胜过。　⑦皇都：这里指长安。

157

村夜

白居易

霜草苍苍①虫切切②③，
村南村北行人绝④。
独⑤出门前望野田⑥，
月明荞麦⑦花如雪。

译文：

　　被寒霜打过的灰白色秋草中，小虫在窃窃私语，山村周围行人绝迹。
　　我独自来到前门眺望远处的田野，明月映照下的荞麦花如雪般白。

注释：

①霜草：被秋霜打过的草。
②苍苍：灰白色。
③切切：虫叫声。
④绝：绝迹。
⑤独：单独，一个人。
⑥野田：田野。
⑦荞麦：一年生草本植物，籽实黑色有棱，磨成面粉可食用。

◇ 明 仇英 莲溪鱼隐图

大林寺桃花

白居易

人间²四月芳菲³尽⁴,
山寺⁵桃花始⁶盛开。
长恨⁷春归⁸无觅⁹处,
不知⁰转入此中⁾来。

译文：

　　在庐山下的平地村落，四月里百花已经凋零，高山古寺中的桃花才刚刚盛放。

　　我常为春光逝去无处寻觅而惋惜，却不知它已经转到这里来。

注释：

　　①大林寺：在庐山香炉峰顶，相传为晋代僧人昙诜所建，为中国佛教名胜之一。
　　②人间：指庐山下的平地村落。
　　③芳菲：盛开的花，泛指花，花草艳盛的阳春景色。
　　④尽：指花凋谢了。
　　⑤山寺：指大林寺。
　　⑥始：才，刚刚。
　　⑦长恨：常常惋惜。　⑧春归：春天回去了。
　　⑨觅：寻找。　⑩不知：岂料，想不到。
　　⑪此中：指深山中的寺庙。

明 沈周 桃花书屋图

暮江吟①

白居易

一道残阳②铺水中，
半江瑟瑟③半江红。
可怜④九月初三夜，
露似真珠⑤月似弓⑥。

明 佚名 垂虹秋色图（局部）

译文：

夕阳的霞光柔和地铺在江水上，江水一半碧绿，一半艳红。
最可爱的是那九月初三之夜，露珠似颗颗珍珠，上弦月形如弯弓。

注释：

①暮江吟：黄昏时分在江边所作的诗。吟，古代诗歌的一种形式。
②残阳：夕阳。
③瑟瑟：原意为碧色珍宝，此处指碧绿色。
④可怜：可爱。
⑤真珠：即珍珠。
⑥月似弓：农历九月初三，上弦月，其状如弓。

池上

白居易

小娃撑小艇[1],
偷采白莲[2]回。
不解藏踪迹[3],
浮萍[4]一道开。

译文:

小孩撑着小船,偷偷地从池塘里采了白莲回来。

他不懂得掩藏自己的行踪,浮萍被船儿荡开,水面上留下了一条长长的水线。

注释:

①艇:船。
②白莲:白色的莲花。
③踪迹:指被小艇划开的浮萍。
④浮萍:水生植物,倒卵形或椭圆形的叶子浮在水面,叶下面有须根,夏季开白花。

◇ 宋 佚名 荷亭消夏图

钱塘湖春行①

白居易

孤山②寺北贾亭③西,
水面初平④云脚低⑤。
几处早莺⑥争暖树⑦,
谁家新燕⑧啄⑨春泥。
乱花渐欲迷人眼⑩,
浅草才能没马蹄。
最爱湖东行不足⑪,
绿杨阴⑫里白沙堤。

译文：

　　从孤山寺的北面到贾亭的西面，湖面春水刚与堤平，白云低垂，同湖面连成一片。

　　几只早出的黄莺争相飞往向阳的树木，谁家新飞来的燕子忙着衔泥筑巢。

　　纷繁的花朵渐渐开放，使人眼花缭乱，浅浅的青草刚刚能够遮没马蹄。

　　湖东美景百游不厌，最为可爱的，还是那绿杨掩映的白沙堤。

注释：

①钱塘湖：即杭州西湖。
②孤山：在西湖的里湖、外湖之间，因与其他山不相接连，所以称孤山。上有孤山亭，可俯瞰西湖全景。
③贾亭：又叫贾公亭。西湖名胜之一，由唐朝贾全所筑。

④水面初平：湖水才同堤岸齐平，即春水初涨。

⑤云脚低：白云重重叠叠，同湖面上的波澜连成一片，看上去，浮云很低，所以说"云脚低"。

⑥早莺：初春时早来的黄鹂。

⑦争暖树：争着飞到向阳的树枝上。暖树，向阳的树。

⑧新燕：刚从南方飞回来的燕子。

⑨啄：衔取。燕子衔泥筑巢。

⑩迷人眼：使人眼花缭乱。

⑪行不足：百游不厌。足，满足。

⑫阴：同"荫"，指树荫。

◇ 宋 佚名 西湖春晓图

遗爱寺①

白居易

弄②石临溪坐，
寻花绕寺行。
时时闻鸟语③，
处处是泉声。

译文：

　　手里把玩着彩石，面对着潺潺的溪水进行观赏，为了赏花，绕着寺庙周围的小路行走。

　　时时刻刻都能听到鸟儿在婉转啼鸣，处处可以听到泉水叮咚响。

注释：

①遗爱寺：寺名，位于庐山香炉峰下。
②弄：在手里把玩。
③鸟语：鸟鸣声。

◇ 宋 佚名 柳院消暑图（局部）

山亭夏日

高骈

绿树阴浓①夏日长，
楼台倒影入池塘。
水晶帘②动微风起，
满架蔷薇一院香。

译文：

　　绿树葱郁，浓荫遍地，夏日漫长，楼台的倒影映入了池塘。

　　微风轻拂，水波荡漾，好像水晶帘幕轻轻摆动，满架蔷薇在院中散发着阵阵清香。

注释：

①浓：指树丛的阴影很深。
②水晶帘：一种质地精细而色泽莹澈的帘。此处指水波。

宋 赵伯骕 碧山绀宇图

牧童①

吕岩

草铺②横野③六七里，
笛弄④晚风三四声。
归来饱饭⑤黄昏后，
不脱蓑衣⑥卧月明⑦。

◇ 宋 毛益 牧牛图（局部）

译文：

　　辽阔的草原像被铺在地上一样，铺了方圆六七里。晚风中隐约传来牧童那断断续续悠扬的笛声。

　　牧童回来吃饱晚饭后，已是黄昏时分，他连蓑衣都没脱，就躺在草地上看天空中的圆月。

注释：

①牧童：放牛或放羊的孩子。　②铺：铺开。
③横野：辽阔的原野。　④弄：逗弄，玩弄。
⑤饱饭：吃饱饭。
⑥蓑衣：用草或棕毛编织成的、披在身上的防雨用具。
⑦卧月明：躺着看明亮的月亮。

长安秋望[①]

杜牧

楼倚[②]霜树[③]外[④],
镜天[⑤]无一毫[⑥]。
南山与秋色,
气势[⑦]两相高。

◇ 明 文徵明 吴中胜概图(局部)

译文:
  楼阁高耸于经霜的树林之上,登高望远,天空如明镜一样明亮、洁净,没有一丝杂质。
  南山在澄明的秋天竟是那样高峻,与秋色试比气势难分高低。

注释:
①秋望:在秋天远望。
②倚:靠着,倚立。
③霜树:指深秋时节的树。
④外:之外。指楼比"霜树"高。
⑤镜天:像镜子一样明亮、洁净的天空。
⑥毫:这里指非常细小的东西。
⑦气势:气概。喻终南山有与天宇比高低的气概。

雨过山村

王建

雨里鸡鸣一两家，
竹溪①村路板桥斜。
妇姑②相唤③浴蚕④去，
闲看⑤中庭栀子⑥花。

译文：

雨中传来鸡鸣声，山村里住着一两户人家。小溪夹岸绿竹苍翠，窄窄的板桥连接着山路。

妇人们相互呼唤着一起去浴蚕选种，只有那栀子花摇曳在庭院中，独自开放。

注释：

①竹溪：小溪旁长着翠竹。
②妇姑：指农家的媳妇和婆婆。
③相唤：互相呼唤。
④浴蚕：古时候将蚕种浸在盐水中，从中选出优良的蚕种，称为浴蚕。
⑤闲看：这里指农人忙着干活儿，没有人欣赏盛开的栀子花。
⑥栀子：常绿灌木，春夏开白花，花很香。

◇ 明 沈周 青山红树图

山行①

杜牧

远上②寒山③石径④斜，
白云生处有人家。
停车坐⑤爱枫林晚⑥，
霜叶⑦红于⑧二月花。

译文：

　　沿着弯弯曲曲的小路上山，在那生出白云的地方，居然有几户人家。

　　停下马车是因为喜爱深秋枫林的晚景，枫叶被秋霜染过，比二月的春花还要红艳。

注释：

①山行：在山中行走。
②远上：登上远处的。
③寒山：深秋时节的山。
④石径：用石子铺成的小路。
⑤坐：因为。
⑥枫林晚：傍晚时的枫树林。
⑦霜叶：经霜变红的枫叶。
⑧于：比。

◇ 元 方从义 高高亭图

社日[1]

王驾

鹅湖山下稻粱肥，
豚栅[2]鸡栖[3]半掩扉[4]。
桑柘[5]影斜春社散，
家家扶得醉人归。

译文：

鹅湖山下稻粱长势喜人，丰收在望。牲畜圈里猪肥鸡壮，门扇半开半掩。

西斜的太阳将桑树和柘树拉出长长的影子，春社结束，醉倒的人在家人的搀扶下回家去。

注释：

①社日：古代祭祀土神的节日。
②豚栅：猪栏。
③鸡栖：鸡窝。
④扉：门。
⑤桑柘：桑树和柘树。

宋 佚名 春游晚归图

雨晴

王驾

雨前初见花间蕊①，
雨后全无叶底②花。
蜂蝶纷纷③过墙去，
却疑④春色在邻家。

译文：

雨前还能见到花中的花蕊，雨后却连叶子底下也不见一朵花。
蜜蜂和蝴蝶来到园中又纷纷飞过院墙，让人怀疑迷人的春色在邻家。

注释：

①蕊：花蕊，分为雌蕊、雄蕊。
②底：底部。
③纷纷：接连不断。
④疑：怀疑。

◇ 宋 佚名 青枫巨蝶图

171

寄王舍人竹楼①

李嘉祐

傲吏②身闲笑五侯③,
西江④取竹起高楼。
南风不用蒲葵扇,
纱帽⑤闲眠对水鸥。

译文：

不为礼法所屈的官吏悠闲地笑着面对那些达官显贵，在西江伐取竹子，建起高高的竹楼。

南风吹来，根本不用摇动蒲扇，戴着凉爽的纱帽的人与江边的水鸥相对，悠闲地睡觉。

注释：

①王舍人：作者的友人。 ②傲吏：不为礼法所屈的官吏。
③五侯：此处泛指达官显贵。
④西江：泛指江西一带，那里盛产竹子。 ⑤纱帽：夏季的凉帽。

◇ 清 禹之鼎 修竹幽居图

江南春

杜牧

千里莺啼①绿映红，
水村山郭②酒旗③风。
南朝④四百八十寺⑤，
多少楼台⑥烟雨⑦中。

译文：

辽阔的江南到处莺歌燕舞，绿树红花相映，水边的村庄和城郭处处酒旗飘动。

南朝遗留下的许多座古寺，如今很多都笼罩在这烟雨之中。

注释：

①莺啼：即莺啼燕语。
②郭：外城。此处指城镇。
③酒旗：一种挂在酒店门前以作为酒店标记的小旗。
④南朝：指先后与北朝对峙的宋、齐、梁、陈四个政权的总称。
⑤四百八十寺：南朝统治阶层好佛，在京城（今南京市）大兴土木建寺，诗中"四百八十"是虚指，形容寺院很多。
⑥楼台：楼阁亭台。此处指寺院建筑。
⑦烟雨：细雨蒙蒙，如烟如雾。

明 恽向 山水图

题李凝幽居[1]

贾岛

闲居少邻并[2]，草径入荒园[3]。
鸟宿池边树，僧敲月下门。
过桥分野色[4]，移石动云根。
暂去[5]还来此，幽期[6]不负言[7]。

译文：

悠闲地住在这里，很少有邻居来，杂草丛生的小路通向荒芜的小园。

鸟儿栖息在池边的树上，皎洁的月光下僧人正敲门。

走过桥看见原野迷人的景色，云在飘动，山石也好像在移动。

我暂时离开这里，不久就将归来，相约共同归隐，到期绝不失约。

注释：

①李凝：诗人的友人，与诗人同为隐者。
②邻并：邻居。
③荒园：指李凝的荒僻的居处。
④分野色：山野景色被桥分开。
⑤去：离开。
⑥期：约定，此处指隐居的约定。
⑦负言：指食言，不履行诺言，"失信"的意思。

明 盛茂烨 山水册页

霁雪[1]

戎昱

风卷寒云暮雪晴，
江烟[2]洗尽柳条轻。
檐前数片无人扫，
又得书窗一夜明。

译文：

　　大风卷走寒冷的云朵，昨晚虽然下了雪，但今天天气晴朗。江边的烟雾一扫而空，于是柳树的枝条显得更加轻盈。

　　屋檐下几片空地上的积雪没有人打扫，雪光反照，书房的窗户一夜都是明亮的。

注释：

[1] 霁雪：雪停了，天空放晴。
[2] 江烟：江边的烟雾。

明末清初 蓝瑛 溪山雪霁图（局部）

竹枝词[1]

刘禹锡

杨柳青青江水平，
闻郎江上唱歌声。
东边日出西边雨，
道是无晴[2]却有晴。

译文：

  岸上杨柳青，江中风浪平，忽然，江上的舟中传来男子的唱歌声。

  就像东方出太阳，西边落雨，你说它不是晴天吧，它又是晴天。

注释：

  ①竹枝词：唐代人刘禹锡根据民歌创作新词，多写男女爱情和三峡的风情，流传甚广。
  ②晴：与"情"谐音。这既是以谐音双关"无情""有情"，同时又有以天气的变幻不定，形容对方态度的不够明朗、不好把握的喻义。

元 倪瓒 古木竹石图（局部）

江村即事[1]

司空曙

钓罢归来不系船，
江村月落正堪眠[2]。
纵然[3]一夜风吹去，
只在芦花浅水边。

译文：

　　渔翁夜钓归来时已是深夜，正好安然入睡，懒得把缆绳系上，任凭渔船随风漂荡。此时江边村落月亮西沉，正好安然入眠。

　　即使夜里起风，船也不会漂远，只会停搁在芦花滩畔的浅水岸边。

注释：

①即事：以当前的事物为题材所做的诗。
②正堪眠：正是睡觉的好时候。
③纵然：即使。

◇ 元 盛懋 秋溪钓艇图

177

乞巧[1]

林杰

七夕今宵看碧霄[2],
牵牛织女渡河桥。
家家乞巧望秋月,
穿尽红丝几万条[3]。

译文:

七夕佳节,人们纷纷仰望浩瀚的天空,就好像能看见牛郎织女渡过银河在鹊桥上相会。

家家户户一边观赏秋月,一边对月穿针引线,穿过的红线恐怕有几万条了。

注释:

[1]乞巧:古代节日,在农历七月初七,即七夕。

[2]碧霄:指浩瀚无际的青天。

[3]几万条:比喻多。

宋 刘宗古 瑶台步月图

清明[1]

杜牧

清明时节雨纷纷[2],
路上行人欲断魂[3]。
借问[4]酒家何处有?
牧童遥指杏花村[5]。

译文:

　　江南的清明时节细雨纷纷飘洒,路上的羁旅行人十分哀伤,像丢了魂似的。

　　询问当地之人何处可买酒消愁?牧童笑而不答,指了指远处杏花深处的村庄。

注释:

　　[1]清明:二十四节气之一,在阳历四月五日前后,历代有踏青、扫墓的风俗。

　　[2]纷纷:形容多。

　　[3]欲断魂:形容伤感极深,颓唐失魂状。

　　[4]借问:请问。

　　[5]杏花村:杏花深处的村庄。

◇ 宋 李唐 牧牛图

答人[1]

太上隐者

偶[2]来松树下，
高枕石头眠。
山中无历日[3]，
寒[4]尽不知年。

译文：

　　我偶然来到松树下，头枕石头安稳地睡了一觉。

　　深山中没有日历，所以寒气消失的时候，我都不知道是哪年哪月。

注释：

①答人：此为诗人回答他人问话的诗，故此命名。
②偶：偶然。
③历日：指日历，即记载岁时节令的书。
④寒：指寒冷的冬天。

元 盛懋 松石图

寒食夜

韩偓

恻恻①轻寒翦翦②风,
小梅飘雪杏花红。
夜深斜搭秋千索③,
楼阁朦胧烟雨中。

译文:

切肤的轻寒刺面的风,梅花已开过,飘落着雪白的花瓣,杏花却开得正艳。

深夜里,斜搭上的秋千索静静地悬着,烟雨朦胧之中,隐约可见那座楼阁。

注释:

①恻:凄恻。这里作者以主观感情色彩来写自己对天气冷暖的感受。

②翦翦:指春风尖利,刺人肌肤,正是乍暖还寒的时节。

③斜搭秋千索:彼时寒食节北方有女子荡秋千为戏的习俗。斜搭,指秋千索斜挂在木架上。

◇ 清 金农 梅花图

赠花卿[1]

杜甫

锦城[2]丝管[3]日纷纷[4],
半入江风半入云。
此曲只应天上[5]有,
人间能得几回闻[6]?

译文:

　　锦官城里每日的音乐声轻柔悠扬,一半随着江风飘去,一半飘入了云端。

　　这样的乐曲只应该天上有,人世间哪里能听见几回?

注释:

①花卿:成都尹崔光远的部将花敬定,曾平定段子璋之乱。
②锦城:即锦官城,即成都。
③丝管:弦乐器和管乐器,泛指音乐。
④纷纷:形容乐曲轻柔悠扬。
⑤天上:双关语,虚指天宫,实指皇宫。
⑥几回闻:本意是听到几回。文中的意思是说人间很少听到。

清 王翚 山水图

寻隐者不遇[①][②][③]
贾岛

松下问童子[④]，
言[⑤]师采药去。
只在此山中，
云深[⑥]不知处[⑦]。

译文：

　　我来到苍松下询问年少的学童他的师父在哪里，他说师父去山中采药了。

　　只知道师父在这座大山里，可山中云雾缭绕，不清楚他的行踪。

注释：

①寻：寻访。
②隐者：隐士，隐居在山林中的人。古代指不肯做官而隐居在山野之中的人，一般指贤士。
③不遇：没有遇到，没有见到。
④童子：诗中指"隐者"的弟子、学生。
⑤言：回答，说。
⑥云深：指山上浓厚的云雾。
⑦处：行踪，所在。

明 文伯仁 松风高士图（局部）

答李浣

韦应物

林中观易①罢,
溪上②对鸥闲。
楚俗③饶④辞客⑤,
何人最往还⑥。

译文:

在树林里看完了《易经》,便悠闲地到溪水旁观看鸥鸟。
楚地有很多擅写词章的才子,不知你与哪一位交往最深、经常往来。

注释:

①观易:详看《易经》。
②溪上:指溪边。
③楚俗:楚地的风俗习气。
④饶:多。
⑤辞客:词人墨客,指擅长写文章的人。
⑥往还:指朋友间交往互动的情形。

◇ 明 沈周 青园图

边塞诗

大漠沙如雪,燕山月似钩。
在那遥远的地方,狂风呼啸,寒冷荒凉。
渴望立功的将士把最好的年华留在沙场。
艰苦的边塞生活,在诗人笔下流传千古,
在画家心里永远定格。

《兵车行》写尽了征兵与送行的凄凉,
《关山月》道出了戍边士卒的忧伤。
《照夜白图》里的骏马,线条丰满,力度十足,
骏马抬蹄仰头嘶鸣,犹如箭在弦上,蓄势待发。
《天山积雪图》上的红衣男子正仰望天空,
此刻他看到的明月,也照着千里之外的故乡。

尽管很多士兵没有留下名字,
但历史从未被人淡忘。
正是这些默默无闻的坚守,
成就了大唐盛世的辉煌。

元 吴镇 溪山高隐图

出塞

王昌龄

秦时明月汉时关,
万里长征人未还。
但使①龙城飞将②在,
不教③胡马④度⑤阴山⑥。

译文：

　　明月和边关依旧是秦汉时期的明月和边关，万里之外守边的战士还未回家。

　　如果龙城的"飞将军"李广还在，一定不会让敌人的军队踏过阴山。

注释：

①但使：只要。
②龙城飞将：此处用典。龙城，唐代的卢龙城，在今河北卢龙。飞将，汉代骁勇善战的"飞将军"李广。
③不教：不叫，不让。
④胡马：这里指匈奴的军队。
⑤度：越过。
⑥阴山：阴山山脉。汉时匈奴常由此入侵中原。

前出塞九首（其六）

杜甫

挽①弓当挽强，用箭当用长②。
射人先射马，擒贼先擒王。
杀人亦有限，列国自有疆。
苟能③制侵陵④，岂在多杀伤。

译文：

　　拉弓要拉最强的弓，射箭要射最长的箭。射人要先射马，擒贼要先擒住他们的首领。

　　杀人要有限制，各个国家都有边界。只要能够制止敌人侵犯就可以了，难道打仗就是为了多杀人吗？

注释：

①挽：拉。
②长：指长箭。
③苟能：如果能。
④侵陵：侵犯。

陇西行

陈陶

誓扫匈奴^①不顾身,
五千貂锦^②丧胡尘。
可怜无定河^③边骨,
犹是春闺^④梦里人。

译文:

　　唐军将士誓死横扫匈奴,奋不顾身,五千身穿锦袍的精兵战死在沙场。

　　真可怜啊,那无定河边成堆的白骨,还是他们的妻子梦中思念的人。

注释:

①匈奴:指西北边境的部族。
②貂锦:这里指装备精良的精锐之师。
③无定河:黄河中游的支流,在陕西北部。
④春闺:这里代指阵亡者的妻子。

元 赵孟頫 浴马图卷

白雪歌送武判官归京[①]

岑参

北风卷地白草[②]折，胡天[③]八月即飞雪。
忽如一夜春风来，千树万树梨花[④]开。
散入珠帘[⑤]湿罗幕[⑥]，狐裘[⑦]不暖锦衾薄[⑧]。
将军角弓[⑨]不得控，都护[⑩]铁衣[⑪]冷难着。
瀚海[⑫]阑干[⑬]百丈里凝，愁云惨淡万里凝。
中军[⑭]置酒饮归客[⑮]，胡琴琵琶与羌笛[⑯]。
纷纷暮雪下辕门[⑰]，风掣[⑱]红旗冻不翻。
轮台东门送君去，去时雪满天山[⑲]路。
山回路转不见君，雪上空留[⑳]马行处。

译文：

北风席卷大地，吹折了白草，塞北的天空，八月就飘降大雪。

仿佛一夜之间春风吹来，树上的雪就像梨花一样争相开放。

雪花飘进珠帘沾湿了帐幕，狐裘不保暖，盖上锦被也显得单薄了。

将军和都护的手冻得拉不开弓，铁甲冰冷得让人难以穿上。

无边沙漠结着厚厚的冰，万里长空凝聚着惨淡愁云。

主帅在帐中摆酒，为归客饯行，以胡琴、琵琶和羌笛合奏的音乐来助兴。

傍晚，辕门前大雪落个不停，红旗被冻得不能随风飘动。

我在轮台东门外欢送你回京去，你去时大雪盖满了天山路。

山路曲折，已不见你的身影，雪地上只留下一行马蹄印迹。

注释：

①判官：官职名，为唐代节度使等朝廷派出的持节大使，可委任幕僚协助判处公事。
②白草：西北的一种牧草，晒干后变白。
③胡天：指塞北的天空。胡，古代汉民族对北方各少数民族的通称。
④梨花：春天开放，花为白色。这里比喻雪花积在树枝上，像梨花开了一样。
⑤珠帘：用珍珠串成的帘子或饰有珍珠的帘子，形容帘子华美。
⑥罗幕：用丝织品做成的帐幕，形容帐幕华美。
⑦狐裘：狐皮袍子。
⑧锦衾薄：丝绸的被子（因为寒冷）都显得单薄了，形容天气很冷。
⑨角弓：两端用兽角装饰的硬弓。
⑩都护：镇守边疆的长官，此为泛指，与上文的"将军"是互文。
⑪铁衣：铠甲。
⑫瀚海：沙漠。这里是说沙漠里到处都结着很厚的冰。
⑬阑干：纵横交错的样子。
⑭中军：主将或主帅的营帐。古时兵分为中、左、右三军，中军为主帅的营帐。
⑮饮归客：宴饮回京的人，指武判官。饮，动词，宴饮。
⑯胡琴琵琶与羌笛：当时西域地区的乐器。
⑰辕门：军营的门。古代军队扎营，用车环围，出入处以两车车辕相向竖立，状如门。这里指领兵将帅的营门。
⑱风掣：红旗因雪而冻结，风都吹不动了。掣，拉，扯。
⑲天山：山名，横亘新疆中部。
⑳山回路转：山势回环，道路盘旋曲折。

明 恽向 山水图

望蓟门①

祖咏

燕台②一望客心惊，
笳③鼓喧喧汉将营。
万里寒光生积雪，
三边④曙色动危旌⑤。
沙场烽火⑥侵胡月，
海畔云山拥蓟城。
少小虽非投笔吏⑦，
论功⑧还欲请长缨⑨。

译文：

我登上燕台眺望，不禁感到震惊，笳鼓喧闹之地原是汉将兵营。
万里积雪笼罩着冷冽的寒光，边塞的曙光映照着飘动的旌旗。
战场烽火连天，遮掩边塞明月，南渤海、北云山拱卫着蓟门城。
少年时虽不像班超那样投笔从戎，论功名，我想学终军自愿请缨。

注释：

①蓟门：在今北京西南，唐时属范阳道，是唐朝屯驻重兵之地。
②燕台：即幽州台，原为战国时燕昭王所筑的黄金台，这里代称燕地。
③笳：汉代流行于塞北和西域的一种类似于笛子的管乐器，此处代指号角。
④三边：古时称幽州、并州、凉州为"三边"。这里泛指当时东北、北方、西北边防地带。
⑤危旌：高扬的旗帜。
⑥烽火：古代用于军事通信的设施，遇敌情时点燃狼粪，以传警报。
⑦投笔吏：指汉代班超。　⑧论功：指论功封赏。
⑨请长缨：此处指主动请战。

书边事

张乔

调角断清秋,征人倚戍楼①。
春风②对青冢③,白日④落梁州⑤。
大漠无兵阻,穷边⑥有客游。
蕃⑦情⑧似⑨此水,长愿向南流。

译文:

清秋边地的号角声划断宁静,征人倚着哨楼远望。
阵阵秋风吹拂着昭君墓,边城梁州普照着和煦的阳光。
浩瀚沙漠看不见军兵阻扰,边疆塞外也常有客人游赏。
吐蕃人的情意好像这流水,愿其永久归附中原流向南方。

注释:

①戍楼:防守的城楼。
②春风:为虚写,指和煦凉爽的秋风。
③青冢:指西汉王昭君的坟墓。
④白日:灿烂的阳光。
⑤梁州:当时指凉州,这里泛指边塞地域。
⑥穷边:绝远的边地。
⑦蕃:指吐蕃人。
⑧情:心情。
⑨似:一作"如",好像。

宋 佚名 深堂琴趣图

塞下曲(其一)

王昌龄

蝉鸣空桑林[1],八月萧关[2]道。
出塞入塞寒,处处黄芦草。
从来幽并[3]客,皆共尘沙老。
莫学游侠儿[4],矜[5]夸紫骝[6]好。

译文:

知了在枯秃的桑林中鸣叫,八月的萧关道秋高气爽。出塞后再入塞,气候变冷,关内和关外尽是黄黄的芦草。

自古以来,河北、山西的豪杰,都与尘土和黄沙伴随到老。莫学那自恃勇武的游侠儿,自命不凡地把暗红色的骏马夸耀。

注释:

①空桑林:桑林因秋来落叶而变得空旷、稀疏。 ②萧关:宁夏古关塞名。
③幽并:幽州和并州,此概指燕赵之地。
④游侠儿:指义气,以勇武驰骋天下的人。 ⑤矜:自夸。
⑥紫骝:古骏马名,此处指骏马。

◇ 明 仇英 花岩游骑图

元 曹知白 雪山图

塞下曲(其二)① 王昌龄

饮马②渡秋水，水寒风似刀。
平沙日未没，黯黯③见临洮④。
昔日长城战，咸言意气高。
黄尘足今古，白骨乱蓬蒿⑤。

译文：

牵马饮水渡过了那大河，河水寒冷，秋风如刀。
广阔的沙场上夕阳尚未下落，昏暗中看见遥远的临洮。
当年长城曾经历一次鏖战，都说戍边战士的意气高。
自古以来这里黄尘弥漫，杂草中散乱着白骨。

注释：

①塞下曲：古代歌曲名。这类作品多是描写边境风光和战争生活的。
②饮马：给马喝水。
③黯黯：昏暗模糊的样子。
④临洮：古县名，在今甘肃岷县，以临近洮水而得名。秦国筑的长城，西起于此。
⑤蓬蒿：蓬草、蒿草之类的杂草。

塞下曲六首(其二)

卢纶

林暗草惊风①,
将军②夜引弓③。
平明④寻白羽⑤,
没⑥在石棱中。

译文:

昏暗的树林中,草突然被风吹得摇摆不定,将军以为野兽来了,连忙开弓射箭。

天亮去寻找那只箭,发现箭头已经深深地陷入石棱中。

注释:

①惊风:突然被风吹动。　②将军:指西汉的"飞将军"李广。
③引弓:拉弓,开弓,这里包含下一步的射箭。
④平明:天刚亮的时候。　⑤白羽:箭杆后部的白色羽毛,这里指箭。
⑥没:陷入,这里是"钻进"的意思。

明末清初 弘仁 山水册页

塞下曲六首（其三）
卢纶

月黑①雁飞高，
单于②夜遁③逃。
欲将④轻骑⑤逐⑥，
大雪满⑦弓刀。

译文：

夜里没有月光，雁群飞得很高，单于趁黑夜悄悄地逃窜。正要带领轻骑兵去追赶，大雪纷飞，雪花沾满了身上的弓刀。

注释：

①月黑：没有月光。
②单于：匈奴的首领。
③遁：逃走。
④将：率领。
⑤轻骑：轻装快速的骑兵。
⑥逐：追赶。
⑦满：沾满。

清 王翚 山水图

塞下曲（其一）

李白

五月天山[①]雪，无花只有寒。
笛中闻折柳[②]，春色未曾看。
晓战随金鼓[③]，宵眠抱玉鞍。
愿将腰下剑，直为斩楼兰。

译文：

五月的天山仍是大雪纷飞，只有凛冽的寒风，根本看不见满天飞舞的雪花。

听到有人用笛子吹奏《折杨柳》，想着家乡已是春色满园，而在这里，还未曾见到春色。

白天在金鼓声中奋勇杀敌，晚上枕着马鞍睡觉。

但愿腰间佩带的宝剑，能够早日平定边疆战乱，为国立功。

注释：

①天山：指祁连山。
②折柳：即《折杨柳》，古乐曲名。
③金鼓：指锣，进军时击鼓，退军时鸣金。

清 王翚 山庄雪霁图

塞下曲

许浑

夜战桑干北[①],
秦兵[②]半不归[③]。
朝来有乡信[④],
犹自[⑤]寄寒衣[⑥]。

译文:

桑干河北边一场夜战,秦兵伤亡过半,再也不能把家还。

次日早晨收到他们家乡寄来的书信,信中说御寒的衣服已寄出。

注释:

①桑干北:桑干河北岸。桑干河,永定河上游。

②秦兵:唐都在关中,是秦朝旧地,所以称唐军为"秦兵"。

③半不归:一半回不来,指战死。

④乡信:家乡来信。

⑤犹自:仍然。

⑥寒衣:御寒的衣服。

明末清初 王鉴 山水图(局部)

凉州词①

王翰

葡萄美酒夜光杯②,
欲③饮琵琶马上催④。
醉卧沙场⑤君⑥莫笑,
古来征战几人回?

译文:

　　酒宴上的夜光杯中盛满甘醇的葡萄美酒,正要畅饮时,琵琶声响起,仿佛催人跨上马奔向沙场。

　　如果我醉卧在沙场上,请你不要笑话,古来出外打仗的能有几人返回家乡?

注释:

　　①凉州词:唐代曲名,起源于凉州(今甘肃武威)一带。
　　②夜光杯:用白玉制成的酒杯,光可照明,这里指华贵而精美的酒杯。
　　③欲:将要。
　　④催:催人出征,也有人解作鸣奏助兴。
　　⑤沙场:平坦空旷的沙地,古时多指战场。
　　⑥君:你。

宋 马远 华灯侍宴图

凉州词

王之涣

黄河远上①白云间,
一片孤城②万仞③山。
羌笛④何须怨⑤杨柳⑥,
春风不度⑦玉门关⑧。

译文:

　　黄河好像从白云间奔流而来,玉门关孤独地耸立在高山中。

　　何必用羌笛吹起那哀怨的《折杨柳》,埋怨春光迟迟不来呢?春风根本吹不到玉门关。

注释:

　　①黄河远上:远望黄河的源头。
　　②孤城:指戍边的孤零零的城池。
　　③仞:古代的长度单位,一仞相当于七尺或八尺。
　　④羌笛:羌族乐器,属横吹式管乐。
　　⑤何须怨:何必埋怨。
　　⑥杨柳:《折杨柳》曲。古诗文中常以杨柳喻送别情事。
　　⑦不度:吹不到。
　　⑧玉门关:故址在今甘肃敦煌西,是古代通往西域的要道。

◇ 宋 李嵩 水末孤亭图

塞上听吹笛①

高适

雪净②胡天③牧马还④,
月明羌笛⑤戍楼⑥间。
借问梅花何处落⑦,
风吹一夜满关山。

译文:

冰雪融尽,入侵的胡兵已经悄然返还。月光皎洁,悠扬的笛声回荡在戍楼间。

试问饱含离情的梅花曲飘向何处?它仿佛像梅花一样随风落满了关山。

注释:

①塞上:指凉州(今甘肃武威)一带的边塞。
②雪净:冰雪消融。
③胡天:指西北边塞地区。"胡"是古代对西北部民族的称呼。
④牧马还:牧马归来,也指敌人被击退。
⑤羌笛:羌族乐器。
⑥戍楼:边防驻军的瞭望楼。
⑦梅花何处落:此句一语双关,既指想象中的梅花,又指笛曲《梅花落》。

宋 梁楷 雪景山水图

204

逢入京使①

岑参

故园②东望路漫漫③,
双袖龙钟④泪不干。
马上相逢无纸笔,
凭⑤君传语⑥报平安。

译文:

向东遥望长安家园,路途遥远,思乡之泪沾湿双袖。

在马上匆匆相逢,没有纸笔写书信,只有托你捎个口信,给家人报平安。

注释:

①入京使:进京的使者。
②故园:指长安和诗人在长安的家。
③漫漫:形容路途十分遥远。
④龙钟:形容流泪的样子,这里是"沾湿"的意思。
⑤凭:托,烦,请。
⑥传语:捎口信。

元 盛懋 秋溪放艇图

燕歌行①

高适

开元二十六年，客有从御史大夫张公出塞而还者，作《燕歌行》以示适，感征戍之事，因而和焉。

汉家②烟尘③在东北，
汉将辞家破残贼。
男儿本自重横行④，
天子非常赐颜色⑤。
摐⑥金⑦伐⑧鼓下榆关⑨，
旌旆逶迤⑩碣石间。
校尉⑪羽书⑫飞瀚海⑬，
单于⑭猎火⑮照狼山⑯。
山川萧条极⑰边土，
胡骑凭陵⑱杂风雨⑲。
战士军前半死生⑳，
美人帐下犹歌舞。
大漠穷秋塞草腓，
孤城落日斗兵稀㉑。
身当恩遇㉒常轻敌，
力尽关山未解围。

铁衣远戍辛勤久,
玉箸㉓应啼别离后。
少妇城南欲断肠,
征人蓟北㉔空回首。
边庭飘飖㉕那可度㉖,
绝域㉗苍茫更何有。
杀气三时㉘作阵云㉙,
寒声一夜传刁斗㉚。
相看白刃血纷纷,
死节㉛从来岂顾勋㉜。
君不见沙场征战苦,
至今犹忆李将军㉝。

译文:

唐玄宗开元二十六年（公元738年），有个随从主帅出塞回来的人，写了《燕歌行》给我看。我感慨于边疆戍守的事，因而写了这首《燕歌行》应和他。

唐朝东北边境战事又起，将军离家前去征讨贼寇。
战士们本来在战场上就所向无敌，皇帝又特别给予他们丰厚的赏赐。
军队擂击金鼓，开出山海关外，旌旗连绵不断，飘扬在碣石山间。

校尉紧急传羽书，飞奔浩瀚之沙海，匈奴单于举猎火光照已到狼山。

山河荒芜多萧条，满目凄凉到边土，胡人骑兵来势凶猛，如风雨交加。

战士在前线冲锋陷阵，出生入死；将军们依然逍遥自在地在营帐中观赏美人的歌舞！

深秋季节，塞外沙漠上草木枯萎；日落时分，边城孤危，作战的士兵越来越少。

主将身受朝廷的恩宠厚遇常常轻敌，战士筋疲力尽仍难解关山之围。

身披铁甲的征夫，不知道守卫边疆多少年了，他们家中的妻子，应该一直在悲痛啼哭吧。

军人的妻子独守故乡，牵肠挂肚，征夫在边疆遥望家园，空自回头。

边塞动荡不安，哪能够轻易归来，远方的边陲更是荒凉的不毛之地！

早午晚杀气腾腾，战云密布，整夜里只听到巡更的刁斗声。

看那雪亮的战刀上染满了斑斑血迹；坚守节操，为国捐躯，岂是为了个人的名利功勋？

你没看见拼杀在沙场的战士有多么艰苦，现在人们还在思念有勇有谋的李将军！

注释：

①燕歌行：乐府旧题。

②汉家：汉朝。唐诗中经常借汉说唐，这里借指唐朝。

③烟尘：代指战争。

④横行：任意驰走，无所阻挡。

⑤非常赐颜色：超过平常的厚赐礼遇。

⑥拟：撞击。

⑦金：指钲一类的铜制打击乐器。

⑧伐：敲击。

⑨榆关：山海关，通往东北的要隘。

⑩逶迤：蜿蜒不绝的样子。

⑪校尉：职位次于将军的武官。

⑫羽书：插有鸟羽的军用紧急文书。

⑬瀚海：沙漠。这里指内蒙古东北西拉木伦河上游一带的沙漠。

⑭单于：匈奴首领的称号。

⑮猎火：打猎时点燃的火。古代游牧民族出征前常举行大规模的狩猎行动，作为军事演习。
⑯狼山：在内蒙古自治区中西部、河套平原北部。此泛指敌军活动地区。
⑰极：穷尽。
⑱凭陵：仗势侵凌。
⑲杂风雨：形容敌人来势凶猛，如风雨交加。
⑳半生死：意思是半生半死，伤亡惨重。
㉑斗兵稀：作战的士兵越来越少。
㉒身当恩遇：指受朝廷的恩宠厚遇。
㉓玉箸：玉制的筷子（玉筷），比喻思妇的泪水如注。
㉔蓟北：唐蓟州在今天津市以北一带，此处当泛指唐朝东北边地。
㉕边庭飘飖：形容边塞动荡不安。
㉖度：越过相隔的路程回归。
㉗绝域：极为遥远的边陲。
㉘三时：指晨、午、晚，即从早晨到夜晚，历时很久。三，不表确数。
㉙阵云：形容像墙一样耸立的阴云，象征战云。
㉚刁斗：军中夜里巡更敲击报时用的、白天煮饭时用的铜器。
㉛死节：指为国捐躯。节，气节。
㉜岂顾勋：难道还顾及自己的功勋？
㉝李将军：指西汉名将李广。

◇ 宋 燕文贵 秋山萧寺图（局部）

◇ 唐 韩幹 十六神骏图卷（局部）

关山月[1]

李白

明月出天山[2]，苍茫云海间。
长风几万里，吹度玉门关[3]。
汉下[4]白登[5]道，胡[6]窥[7]青海湾[8]。
由来[9]征战地，不见有人还。
戍客[10]望边色，思归多苦颜。
高楼[11]当此夜，叹息未应闲。

译文：

一轮明月从祁连山升起，穿行在苍茫云海之间。
浩荡的长风掠过万里关山，来到戍边将士驻守的边关。
当年汉兵直指白登山道，吐蕃觊觎青海大片河山。
这些历代征战之地，出征将士很少能够生还。
戍守的士卒眼望着边城，一个个盼望归家的面容多么凄苦。
边塞将士的妻子，于此月夜也在不停地哀愁叹息。

注释：

[1]关山月：乐府旧题，多抒离别哀伤之情。 [2]天山：即祁连山，连绵数千里。
[3]玉门关：故址在今甘肃敦煌市西北小方盘城，为古代通向西域的交通要道。
[4]下：指出兵。
[5]白登：即今山西大同东的白登山。汉高祖刘邦领兵征匈奴，曾在白登山被匈奴围困于此。
[6]胡：此指吐蕃。 [7]窥：有所企图，窥伺，侵扰。
[8]青海湾：即青海湖。 [9]由来：自始以来，历来。
[10]戍客：驻守边疆的战士。
[11]高楼：古诗中多以高楼指闺阁，这里指戍边兵士的妻子。

兵车行①

杜甫

车辚辚②，马萧萧③，
行人④弓箭各在腰。
爷娘妻子⑤走相送，
尘埃不见咸阳桥⑥。
牵衣顿足拦道哭，
哭声直上干⑦云霄。
道旁过者⑧问行人，
行人但云点行频⑨。
或从十五北防河⑩，
便至四十西营田⑪。
去时里正与裹头⑫，
归来头白还戍边。
边庭流血成海水，
武皇⑬开边⑭意未已。
君不闻汉家山东二百州⑮，
千村万落生荆杞。
纵有健妇把锄犁，
禾生陇亩⑯无东西⑰。

况复⑱秦兵⑲耐苦战，
被驱不异犬与鸡。
长者⑳虽有问，役夫敢申恨㉑？
且如今年冬，未休关西卒㉒。
县官㉓急索租，租税从何出？
信知㉔生男恶，反是生女好。
生女犹得嫁比邻㉕，
生男埋没随百草。
君不见，青海头㉖，
古来白骨无人收。
新鬼烦冤旧鬼哭，
天阴雨湿声啾啾㉗。

译文：

　　兵车辚辚，战马萧萧，出征的士兵各自弓箭佩在腰。

　　爹娘、妻子、儿女奔跑来相送，行军时扬起的尘土遮天蔽日，以致让人看不见咸阳桥。

　　送行的亲人们拦在路上牵着士兵的衣服跺脚哭，哭声直上天空冲入云霄。

　　从路旁经过的人询问行人这怎么回事，行人只说官府征兵实在太频繁。

　　有的人十五岁到黄河以北去戍守，便是四十岁还要被派到河西去营田。

　　刚从军出征时年纪小，还要里长帮忙裹头巾，回来时已经满头白发，却仍要去戍守边疆。

　　边疆战士血流成河，皇上开拓边疆的念头还没停止。

　　您没听说汉家华山以东两百州，千村万寨的田地都野草丛生。

　　即使有健壮的妇女手拿锄犁耕种，田地里的庄稼也是东倒西歪不成行。

　　更何况关中的士兵能顽强苦战，像鸡狗一样被赶上战场卖命。

　　尽管长者询问，征人哪里敢诉说心中的冤屈愤恨？

　　就像今年冬天，还没有停止征调函谷关以西的士兵。

　　官府紧急地催逼百姓交租税，租税从哪里出？

　　百姓相信生男孩是坏事情，反而不如生女孩好。

　　生下女孩还能够嫁给同乡，生下男孩只能战死沙场，埋没在荒草间。

　　你没看见在那青海的边上，自古以来战死士兵的白骨无人掩埋。

　　那里新鬼含冤旧鬼痛哭，阴天下雨时凄惨哀叫声不断。

注释：

　　①兵车行：杜甫自创的乐府新题。　　②辚辚：车轮转动的声音。
　　③萧萧：马的嘶叫声。　　④行人：从军出征的人。
　　⑤爷娘妻子：父亲、母亲、妻子、儿女的并称。从军的人既有十几岁的少年，也有四十多岁的成年人，所以送行的人有出征者的父母，也有妻子和孩子。
　　⑥咸阳桥：汉武帝时建的桥，唐代称咸阳桥，后来称渭桥，在咸阳城西渭水上，长安人送客西行多到此相别。
　　⑦干：冲。　　⑧过者：路过的人。这里指诗人自己。
　　⑨点行频：点名征兵频繁。点行，按户籍名册强征兵役。
　　⑩或从十五北防河：有的人十五岁就从军到西北区防河。唐玄宗时，吐蕃常于秋季入侵，抢掠百姓的收获。为抵御侵扰，唐王朝每年征调大批兵力驻扎西河（今甘肃和宁夏一带），叫"防秋"或"防河"。
　　⑪营田：即屯田。戍守边疆的士卒，不打仗时须种地以自给，称为营田。
　　⑫里正与裹头：里正给他裹头巾。里正，唐制凡百户为一里，由里正一人管理。与裹头，给他裹头巾。新兵入伍时须着装整齐，因年纪小，自己还裹不好头巾，所

以里正帮他裹头。

⑬**武皇**：汉武帝，这里借指唐玄宗。　⑭**开边**：开拓边境。

⑮**汉家山东二百州**：汉朝秦地以东的二百个州。汉家，汉朝，这里借指唐朝。山东，古代秦居华山以西，华山以东统称"山东"。唐代华山以东共有二百一十七个州，这里说"二百州"是取其整数。

⑯**陇亩**：田地。陇，同"垄"。　⑰**无东西**：不成行列，意思是庄稼长得不好。

⑱**况复**：更何况。　⑲**秦兵**：指下文提到的"关西卒"，即这次出征的秦兵。

⑳**长者**：对老年人的尊称，指上文提到的"道旁过者"。

㉑**役夫敢申恨**：我怎么敢申诉怨恨呢？役夫，应政府兵役的人，是行役者的自称之词。敢，这里是"岂敢"的意思。申恨，诉说怨恨。

㉒**关西卒**：函谷关以西的士兵，即秦兵。

㉓**县官**：这里指官府。　㉔**信知**：确实知道。

㉕**犹得嫁比邻**：还能够嫁给同乡。得，能够。比邻，同乡。

㉖**青海头**：指今青海省境内的青海湖边。唐和吐蕃的战争，经常在青海湖附近进行。　㉗**啾啾**：拟声词，形容凄厉的叫声。

◇　宋　李公麟　五马图（局部）

征人怨

柳中庸

岁岁①金河②复玉关③,
朝朝马策④与刀环⑤。
三春⑥白雪归青冢⑦,
万里黄河绕黑山⑧。

译文：

  年复一年戍守金河保卫玉关，日日夜夜都同马鞭和战刀做伴。

  三月，白雪纷纷扬扬，遮盖着昭君墓，黄河流过万里绕过黑山，又奔腾向前。

注释：

  ①岁岁：年复一年，年年月月。

  ②金河：即黑河，在今呼和浩特市城南。

  ③玉关：即甘肃玉门关，此句的意思是年年都有战争。

  ④马策：马鞭。

  ⑤刀环：刀柄上的铜环，指战刀。

  ⑥三春：春季的三个月或暮春，此处指暮春。

  ⑦青冢：指昭君墓。此句指三月阳春，仍有白雪，状此地之苦寒。

  ⑧黑山：又叫杀虎山，在今内蒙古自治区呼和浩特市东南。

元 任仁发 二马图（局部）

马诗二十三首（其五）

李贺

大漠①沙如雪，
燕山②月似钩③。
何当④金络脑⑤，
快走踏⑥清秋⑦。

译文：

广阔的沙漠在月光下像铺上一层霜雪，连绵的燕山山岭上，明月如弯钩一般。

什么时候才能给骏马戴上金络头，在秋高气爽的疆场上驰骋，建立功勋呢？

注释：

①大漠：广大的沙漠。
②燕山：指燕然山，即今蒙古国境内的杭爱山。
③钩：古代兵器，形似月牙。
④何当：何时才能。
⑤金络脑：即金络头，用黄金装饰的马笼头。
⑥踏：走，跑。此处有"奔驰"之意。
⑦清秋：清朗的秋天。

唐 韩幹 牧马图

使至塞上[1]

王维

单车[2]欲问边[3]，属国[4]过居延[5]。
征蓬[6]出汉塞，归雁[7]入胡天[8]。
大漠孤烟[9]直，长河[10]落日圆。
萧关[11]逢候骑[12]，都护[13]在燕然。

译文：

轻车简从，将要去慰问戍守边关的将士，路经的属国已过居延。
像随风远飞的蓬草一样飘出边塞，归来的大雁正飞过北方的天空。
浩瀚沙漠中孤烟直上，黄河边上落日浑圆。
到萧关时遇到侦察骑兵，告诉我都护已经到了前线。

注释：

①使至塞上：奉命出使到边塞。使，出使。
②单车：一辆车，这里形容轻车简从。
③问边：到边塞去察看，指慰问守卫边疆的官兵。
④属国：有两种解释：一指少数民族附属于汉族朝廷而存其国号者，汉、唐两朝均有一些属国；二指官名，秦汉时有一种官职名为典属国，苏武归汉后即授典属国官职。唐人有时以"属国"代称出使边塞的使臣。
⑤居延：地名，在今甘肃张掖北。这里泛指辽远的边塞地区。
⑥征蓬：随风飘飞的蓬草，古诗中常用来比喻远行之人。
⑦归雁：雁是候鸟，春天北飞，秋天南行，这里是指大雁北飞。
⑧胡天：胡人的领空。这里是指唐军占领的北方地区。
⑨孤烟：古代边防报警用的狼烟。　⑩长河：黄河。
⑪萧关：古关名，故址在今宁夏固原东南。　⑫候骑：负责侦察、通信的骑兵。
⑬都护：当时边疆重镇都护府的长官。

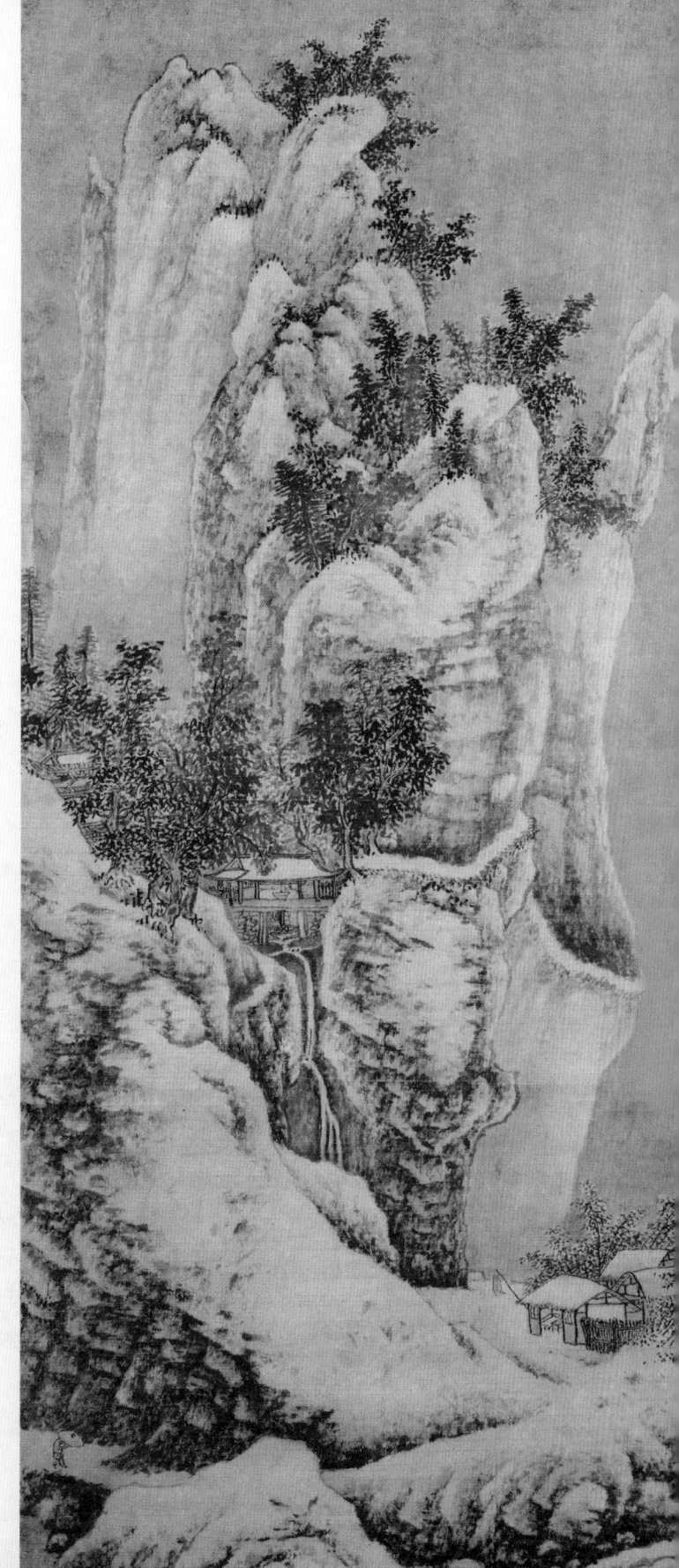

明 唐寅 柴门掩雪图（局部）

从军行七首（其二）

王昌龄

琵琶起舞换新声①，
总是关山②旧别情。
撩乱③边愁④听不尽，
高高秋月照长城。

译文：

  军中起舞，伴奏的琵琶弹拨出新的曲调，不管怎样翻新，每每听到《关山月》的曲调时，总会激起边关将士怀乡的忧伤之情。

  纷杂的乐舞与思乡的愁绪交织在一起，无尽无休，此时秋天的月亮高高地照着长城。

注释：

  ①新声：新的歌曲。　②关山：边塞。　③撩乱：心里烦乱。　④边愁：久住边疆的愁苦。

明 杨文骢 山水图

从军行七首（其四）

王昌龄

青海①长云②暗雪山③，
孤城④遥望玉门关。
黄沙百战穿金甲，
不破楼兰⑤终不还。

译文：

青海湖上蒸腾而起的漫漫云雾，遮暗了整个祁连山，这里和边塞孤城玉门关远隔千里，遥遥相望。

黄沙万里，频繁的战斗磨穿了战士们身上的铠甲，不将敌人打败绝不回还。

注释：

①青海：指青海湖，在今青海省。
②长云：层层浓云。
③雪山：即祁连山，山巅终年积雪。
④孤城：边塞古城。玉门关，汉置边关名，在今甘肃敦煌西。
⑤楼兰：汉时西域国名，即鄯善国，在今新疆若羌县治。

宋 许道宁 云关雪栈图

从军行

杨炯

烽火②照西京③，心中自不平。
牙璋④辞凤阙⑤，铁骑绕龙城⑥。
雪暗凋⑦旗画，风多杂鼓声。
宁为百夫长⑧，胜作一书生。

译文：

边塞的报警烽火传到了长安，将士的心里无法平静。

辞别皇宫，将军手执兵符而去；围敌攻城，精锐骑兵勇猛异常。

大雪纷飞，军旗黯然失色；狂风夹杂着咚咚战鼓声。

我宁愿做个低级军官，为国冲锋陷阵，也胜过当个书生。

注释：

①从军行：为乐府旧题，多写军旅生活。
②烽火：古代边防告急的烟火。 ③西京：长安。
④牙璋：古代发兵所用之兵符，分为两块，相嵌合处呈牙状，朝廷和主帅各执一块。这里指代奉命出征的将帅。
⑤凤阙：汉建章宫的圆阙上有金凤，故以凤阙指皇宫。这里指代长安。
⑥龙城：又称龙庭，在今蒙古国鄂尔浑河西侧的和硕柴达木湖附近。汉时匈奴的要地。汉武帝派卫青出击匈奴，曾在此获胜。这里指塞外敌方据点。
⑦凋：原意指草木枯败凋零，此指失去了鲜艳的色彩。
⑧百夫长：一百个士兵的头目，泛指下级军官。

清 王翚 雪霁图

边词

张敬忠

五原[1]春色旧来[2]迟,
二月垂杨未挂丝[3]。
即今[4]河畔冰开日[5],
正是长安[6]花落时。

译文:

　　五原的春天总是姗姗来迟,二月的垂杨尚未发芽。

　　黄河岸边如今开始冰雪消融,长安城里却正是落花时节。

注释:

　　①五原:今内蒙古自治区五原县,张仁愿所筑西受降城即在其西北。
　　②旧来:自古以来。
　　③未挂丝:指柳树还未吐绿挂丝。
　　④即今:如今,现今。
　　⑤冰开日:解冻的时候。
　　⑥长安:唐朝京城,即今陕西西安。

唐 李思训 江帆楼阁图

月夜忆舍弟①

杜甫

戍鼓②断人行③,边秋④一雁⑤声。
露从今夜白,月是故乡明。
有弟皆分散,无家⑥问死生。
寄书长⑦不达⑧,况乃⑨未休兵。

译文：

戍楼上响起禁止通行的鼓声,秋夜的边塞传来了孤雁的哀鸣。
从今夜就进入了白露节气,月亮还是故乡的最明亮。
兄弟离散,各去一方,已经无法打听到他们的消息。
寄往洛阳城的家书老是不能送到,何况战乱还没有停止。

注释：

①舍弟：家弟。杜甫有四个弟弟：杜颖、杜观、杜丰、杜占。
②戍鼓：戍楼上用以报时或告警的鼓声。
③断人行：指鼓声响起后,就开始宵禁。 ④边秋：秋天的边地,指秦州。
⑤一雁：孤雁。古人以雁行比喻兄弟,一雁,比喻兄弟分散。
⑥无家：杜甫那位于洛阳附近的老宅已毁于安史之乱,因此说"无家"。
⑦长：一直,老是。 ⑧不达：收不到。
⑨况乃：何况是。

◇ 明 卞文瑜 秋窗读易图（局部）

子夜吴歌·秋歌

李白

长安一片月①，万户②捣衣③声。
秋风吹不尽，总是玉关④情。
何日平胡虏⑤，良人⑥罢⑦远征。

译文：

月亮升起来，长安城一片光明，家家户户传来捣衣声。
砧声任凭秋风吹也吹不尽，声声总是牵系玉关的亲人。
何时才能平息边境战争，夫君可以结束漫长的征途。

注释：

①一片月：一片皎洁的月光。　②万户：千家万户。
③捣衣：将洗过一遍的脏衣放在石板上捶击，去浑水，再清洗。
④玉关：玉门关，故址在今甘肃敦煌西，此处代指边境。
⑤平胡虏：平定侵扰边境的敌人。　⑥良人：古时妇女对丈夫的称呼。
⑦罢：结束。

雁门太守行

李贺

黑云①压城城欲摧②,
甲光③向日金鳞④开。
角⑤声满天秋色里,
塞上燕脂凝夜紫。
半卷红旗临⑥易水⑦,
霜重鼓寒⑧声不起⑨。
报⑩君黄金台⑪上意⑫,
提携玉龙⑬为君⑭死。

译文：

敌兵滚滚而来，犹如黑云翻卷，想要摧倒城墙，将士们的铠甲在阳光的照射下金光闪烁。

号角声响彻秋日的长空，边塞上将士的血迹在寒夜中凝为紫色。

红旗半卷，援军赶到易水；夜寒霜重，鼓声郁闷低沉。

为了报答国君的赏赐和厚爱，将士们带上宝剑，甘愿为国血战到死。

注释：

①黑云：此处形容战争的烟尘铺天盖地，弥漫在边城附近，气氛十分紧张。
②摧：毁。
③甲光：指铠甲迎着太阳发出的光。
④金鳞：像金色的鱼鳞。
⑤角：古代军中的一种吹奏乐器，多用兽角制成，也是古代军中的号角。

⑥临：逼近，到，临近。
⑦易水：河名，在今河北省西部，距塞上较远，此处是借荆轲刺杀秦王前在易水边与燕太子丹作别的故事以言悲壮之意。
⑧霜重鼓寒：天寒霜降，战鼓声沉闷。
⑨声不起：形容鼓声低沉，不响亮。
⑩报：报答。
⑪黄金台：故址在今河北省易县东南，相传是战国时燕昭王所筑。
⑫意：信任，重用。
⑬玉龙：宝剑的代称。
⑭君：君王。

清华嵒 天山积雪图

观猎

王维

风劲①角弓②鸣,将军猎渭城③。
草枯鹰④眼疾,雪尽马蹄轻。
忽过新丰市⑤,还归细柳营⑥。
回看射雕处⑦,千里暮云平⑧。

▷ 宋 米友仁 云山墨戏图（局部）

译文：

猛烈的风吹得角弓发出尖锐的响声，将军正在渭城郊外狩猎。野草枯黄，鹰眼更加锐利；冰雪消融，战马奔驰起来格外轻快。转眼已经路过盛产美酒的新丰市，不久之后又骑着马回到细柳营。回首观望将军射雕的地方，傍晚的云层已与大地连成一片。

注释：

①劲：强劲。　②角弓：用兽角装饰的硬弓。
③渭城：秦时名咸阳县，汉时改名渭城，治所在今陕西咸阳市东北。
④鹰：指猎鹰。　⑤新丰市：故址在今陕西省西安市临潼区，是西汉建国后，刘邦为满足老父思乡的需求而建造的。
⑥细柳营：在今陕西省西安市长安区，是西汉名将周亚夫屯军之地。
⑦射雕处：雕是飞得快的猛禽，难以射中，北齐斛律光精通武艺，曾射中一雕，人称"射雕都督"，此处引用"射雕处"以赞美将军。
⑧暮云平：傍晚的云层与大地连成一片。

少年行四首（其一）

王维

新丰①美酒斗十千②，
咸阳③游侠多少年。
相逢意气为君饮，
系马高楼垂柳边。

▽ 宋 佚名 游骑图

译文：

新丰盛产的美酒价值十千，出没都城长安的游侠多是少年。
相逢时意气相投，痛快豪饮，骏马就拴在酒楼下的垂柳边。

注释：

①新丰：古县名，在今陕西省西安市临潼区，盛产美酒。
②斗十千：指美酒名贵，价值十千文钱。
③咸阳：本指战国时秦国的都城咸阳，这里用来代指唐朝的都城长安。

夜上受降城闻笛①

李益

回乐烽②前沙似雪,
受降城外月如霜。
不知何处吹芦管③,
一夜征人④尽⑤望乡。

译文:

回乐烽前的沙地洁白似雪,受降城外的月色有如秋霜。

不知何处吹起凄凉的芦管,一夜间将士们都在思念家乡。

注释:

①受降城:指西受降城,在乌拉特中旗西南乌加河北岸、狼山口南,东去中城三百八十里。
②回乐烽:烽火台名。在西受降城附近。
③芦管:笛子。
④征人:戍边的将士。
⑤尽:全。

宋 燕肃 关山积雪图

哥舒歌[1]

西鄙人

北斗七星[2]高，
哥舒夜带刀。
至今窥[3]牧马[4]，
不敢过临洮[5]。

译文：

北斗七星高高地挂在夜空，哥舒翰夜带宝刀，勇猛守边。

吐蕃人至今牧马只敢远望，不敢南来越过临洮。

注释：

[1]哥舒：指哥舒翰，是唐玄宗时的大将，曾大败土蕃，使之不敢西进。
[2]北斗七星：大熊座的一部分。
[3]窥：偷看。
[4]牧马：指吐蕃越境放牧等侵扰活动。
[5]临洮：今甘肃省洮河边的岷县，秦长城西端。

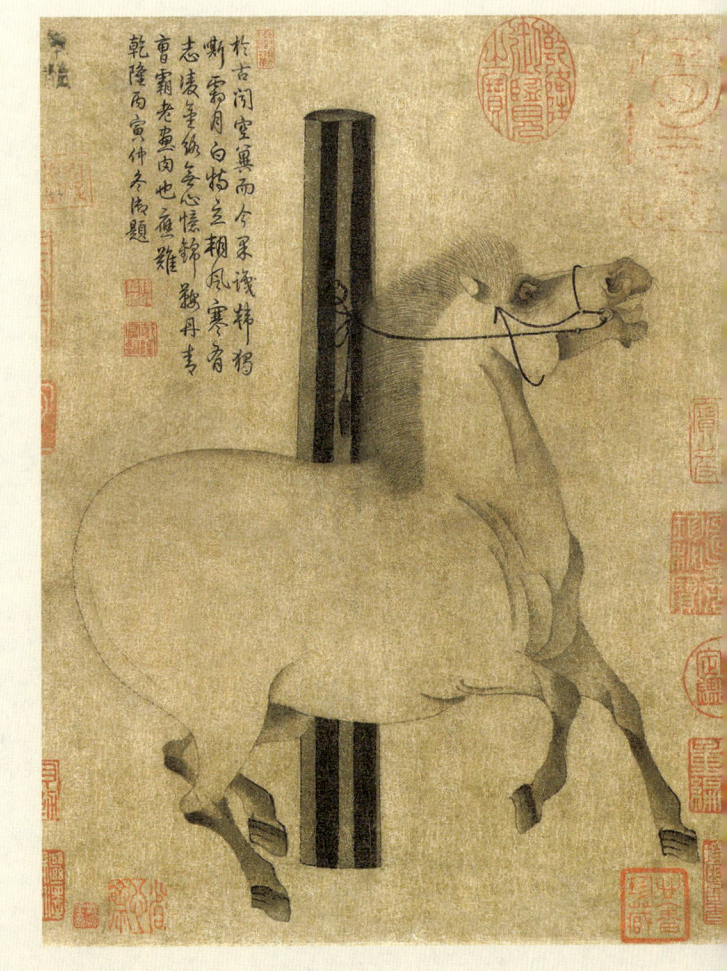

◇ 唐 韩幹 照夜白图

碛中作[1]

岑参

zǒu mǎ xī lái yù dào tiān
走马[2]西来欲到天，
cí jiā jiàn yuè liǎng huí yuán
辞家[3]见月两回圆[4]。
jīn yè bù zhī hé chù sù
今夜不知何处宿，
píng shā wàn lǐ jué rén yān
平沙万里绝人烟。

译文：

骑马向西走，几乎来到天边，离家已经有两个月了。今夜不知道去哪里投宿，在这沙漠中，万里不见人烟。

注释：

①碛(qì)：沙石地，沙漠。这里指银山碛，又名银山，在今新疆库木什附近。
②走马：骑马。
③辞家：告别家乡，离开家乡。
④见月两回圆：表示两个月。月亮每个月十五圆一次。

清 金农 鞍马图

羁旅思乡诗

古代车马很慢，每一次离家都不知归期。
拜别了亲友不知何时再会，等到归来，早已物是人非，
生怕听到难以接受的变故，离家越近，反而越是忐忑。
于是便有了"近乡情更怯，不敢问来人"。

怀念家乡的诗人看到水中的月亮，
吟诵出"海上生明月，天涯共此时"。
山水图里，挂着白帆的小船仿佛载着回乡的游子，
从天边缓缓驶来，描绘山村的图画里，
远处青山绿水，近处屋舍俨然，
阵阵炊烟透着家的气息。
只有远行的人才会发现，
回不去的地方才叫做故乡。

明 恽向 山水图

题大庾岭北驿① 宋之问

阳月③南飞雁,传闻至此回。
我行殊④未已,何日复归来。
江静潮初落,林昏瘴⑤不开。
明朝望乡处⑥,应见陇头梅⑦。

译文:

十月份的时候大雁就开始南飞,据说它们飞到大庾岭,就全部折回。

我还未到达目的地,还要继续前行,真不知什么时候才能再次归来。

潮水退落了,江面静静地泛着涟漪,深山林中昏暗,瘴气浓重散不开。

来日我登上大庾岭,向北遥望故乡,应该能看到那山头上初开的梅花。

注释:

①大庾岭:在今江西大余和广东南雄二县市交界处,为五岭之一。
②北驿:大庾岭北面的驿站。
③阳月:阴历十月。
④殊:还。
⑤瘴:旧指南方湿热气候下山林中对人有害的毒气。
⑥望乡处:远望故乡的地方,指站在大庾岭上。
⑦陇头梅:大庾岭地处南方,其地气候和暖,十月即可见梅花,故有"梅岭"之称。

宿桐庐江寄广陵旧游[1][2]

孟浩然

山暝[3]听猿愁，沧江[4]急夜流。
风鸣两岸叶，月照一孤舟。
建德[5]非吾土[6]，维扬[7]忆旧游。
还将两行泪，遥寄[8]海西头[9]。

译文：

黄昏时听到猿猴的叫声，使人生愁，桐江水流湍急，不分昼夜地流淌。

两岸风吹枝叶沙沙作响，月光映照着江畔的一叶孤舟。

建德风光虽好，却非我的故乡，我仍然怀念扬州的老朋友。

思乡之情使我不禁潸然泪下，遥望海西头，把愁思寄往扬州。

注释：

[1]桐庐江：即桐江，在今浙江省桐庐县。 [2]广陵：今江苏省扬州市。 [3]暝：昏暗。 [4]沧江：指桐庐江。 [5]建德：唐时郡名，在今浙江省梅城县一带。 [6]非吾土：不是我的故乡。 [7]维扬：即扬州。 [8]遥寄：远寄。 [9]海西头：指扬州，因古扬州东临大海而得名。

明 文徵明 便面山水图

和晋陵陆丞早春游望

杜审言

独有宦游人①,偏惊物候②新。
云霞出海曙,梅柳渡江春。
淑气③催黄鸟,晴光转绿蘋④。
忽闻歌古调⑤,归思欲沾巾。

译文:

只有离开家乡外出做官的人,才特别留意大自然的气象和季节变化。

日出时海上云霞灿烂,江南梅红柳绿,江北却才回春。

和暖的春风催促着黄莺歌唱,晴朗的阳光下浮萍的颜色转深。

忽然听到古朴的曲调,勾起思乡之情,令人泪落沾襟。

注释:

①宦游人:离家做官的人。
②物候:指自然界的气象和季节变化。
③淑气:和暖的天气。
④绿蘋:浮萍。
⑤古调:指陆丞写的诗,即题目中的《早春游望》。

宋 张训礼 春山渔艇图

渡汉江[1]

宋之问

岭外[2]音书[3]断，
经冬复历春。
近乡情更怯，
不敢问来人[4]。

译文：

客居岭外，与家里音信断绝，经过了冬天又到了春天。

离故乡越近心中越胆怯，不敢询问从家那边过来的人。

注释：

①汉江：汉水，为长江的最长支流，源出陕西，经湖北流入长江。
②岭外：五岭以南的广东省广大地区，通常称岭南。唐代常作罪臣的流放地。
③书：信。 ④来人：渡汉江时遇到的从家乡来的人。

明 文徵明 便面山水图

望月怀远[1]

张九龄

hǎi shàng shēng míng yuè
海上生明月，
tiān yá gòng cǐ shí
天涯共此时。
qíng rén yuàn yáo yè
情人[2]怨遥夜[3]，
jìng xī qǐ xiāng sī
竟夕[4]起相思。
miè zhú lián guāng mǎn
灭烛怜[5]光满，
pī yī jué lù zī
披衣觉露滋。
bù kān yíng shǒu zèng
不堪盈手[6]赠，
huán qǐn mèng jiā qī
还寝梦佳期。

译文：

茫茫的海上升起一轮明月，你我相隔天涯却共赏月亮。

多情的人因为离别而失眠，抱怨月夜漫长，一整夜都在思念亲人。

熄灭蜡烛，对这满屋柔美的月光心生怜爱，我披上衣服也感到夜露寒凉。

不能手捧美丽的银光给你，只愿能够与你相见在梦乡。

注释：

[1]怀远：怀念远方的亲人。

[2]情人：多情的人，指作者自己；一说指亲人。

[3]怨遥夜：因离别而幽怨失眠，以致抱怨夜长。

[4]竟夕：一整夜。

[5]怜：爱。

[6]盈手：双手捧满之意。

宋 佚名 沧海涌日图

回乡假书[1]

贺知章

少小离家[2]老大[3]回,
乡音[4]无改[5]鬓毛衰[6]。
儿童相见不相识,
笑问客从何处来。

译文:

年少时离乡,年老时才回来,我的乡音虽未改变,但鬓角的毛发已经变得稀疏。

家乡的孩子们看见我,没有一个认识我。他们笑着询问我是从哪里来的。

注释:

①偶书:随便写的诗。偶,说明诗写作得很偶然,是随时有所见、有所感写下来的。

②少小离家:贺知章三十七岁中进士,在此以前就离开了家乡。

③老大:年纪大了。贺知章回乡时已年逾八十。 ④乡音:家乡的口音。

⑤无改:没什么变化。

⑥鬓毛衰:指鬓发减少,稀疏。

明 盛茂烨 山水册页(局部)

早寒江上有怀

孟浩然

木落①雁南度②，北风江上寒。
我家襄水曲③，遥隔楚云端。
乡泪客中尽，归帆天际看。
迷津欲有问，平海④夕漫漫。

译文：

　　树叶飘落，大雁飞向南方；北风萧瑟，江上分外寒冷。

　　我家就在弯曲的襄水边，远隔楚地，在云的尽头。

　　思乡的眼泪在异乡流尽，遥看天边归来的孤帆。

　　风烟迷离，渡口又在何处，宽广平阔的江水在夕阳下荡漾。

注释：

①木落：树木的叶子落下来。
②雁南度：大雁南飞。
③襄水曲：诗人家居湖北襄阳，在襄水边上，胡言"襄水曲"。
④平海：宽广平静的水面。

明 陈洪绶 溪石图（局部）

章台夜思①

韦庄

清瑟②怨遥夜③,绕弦风雨哀。
孤灯闻楚角④,残月下章台。
芳草已云暮,故人殊⑤未来。
乡书⑥不可寄⑦,秋雁又南回。

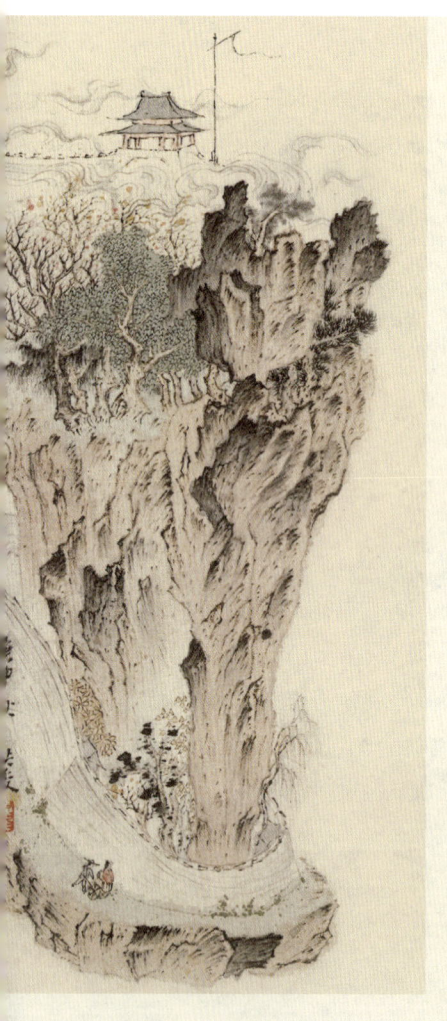

译文:

  凄清的瑟声,在长夜里发出哀怨的音调;而伴随着哀怨乐曲的,是秋夜悲鸣的风雨声。

  孤灯下,又听见楚角声声悲凉,清冷的残月徐徐沉下章台。

  芳草渐渐枯萎,已到生命的尽头,亲人故友,都从未来过此地。

  家中的书信无法寄回,因为大雁已经向南方飞去。

注释:

①章台:即章华台,宫名。
②瑟:古代的弦乐器,多为二十五弦。这里指乐声。
③遥夜:长夜。
④楚角:楚地吹的号角,其声悲凉。
⑤殊:竟,尚。
⑥乡书:指家书,家信。
⑦不可寄:无法寄。

明 陈洪绶 山水图

次北固山下[①][②]

王湾

客路[③]青山外，行舟绿水前。
潮平两岸阔，风正[④]一帆悬[⑤]。
海日[⑥]生残夜[⑦]，江春[⑧]入旧年。
乡书何处达？归雁[⑨]洛阳边。

译文：

郁郁葱葱的山外是旅人前行的道路，船航行在绿水之间。

潮水涨满，两岸与江水齐平，整个江面十分开阔，顺风行船，风帆垂直悬挂。

夜色还没有褪尽，旭日已在海上冉冉升起，还在旧年时分，江南已有了春天的气息。

我的家书应该送到什么地方呢？北去的归雁啊，请帮我把家书捎到洛阳那边。

注释：

①次：旅途中暂时停宿，这里是"停泊"的意思。
②北固山：在今江苏省镇江市东北江滨。
③客路：旅途。 ④风正：顺风。 ⑤悬：挂。
⑥海日：海上的旭日。 ⑦残夜：夜将尽之时。
⑧江春：江南的春天。
⑨归雁：北归的大雁。古代有用大雁传递书信的传说。

清 查士标 山水图（局部）

九月九日忆山东兄弟

王维

独在异乡①为异客②,
每逢佳节③倍思亲。
遥知兄弟登高④处,
遍插茱萸⑤少一人。

译文:

一个人独自在他乡做客,每逢节日便加倍地思念远方的亲人。遥想兄弟们今日登高望远时头上插满茱萸,只少我一人。

注释:

①异乡:他乡,外乡。
②为异客:做他乡的客人。
③佳节:美好的节日。
④登高:这里指重阳节登高的风俗。
⑤茱萸:一种有浓香的植物,据说可以驱邪。

明末清初 程邃 深竹幽居图(局部)

旅夜书怀

杜甫

细草微风岸，危樯①独夜舟②。
星垂平野阔，月涌③大江④流。
名岂文章著，官应老病休。
飘飘⑤何所似，天地一沙鸥。

译文：

微风吹拂着江岸的细草，那立着高高桅杆的小船在夜里孤零零地停泊着。

星星垂在天边，原野显得格外广阔；月光随波涌动，大江滚滚东流。

我难道是因为文章而著名吗？年老多病也应该休官了。

自己到处漂泊像什么呢？就像天地间的一只孤零零的沙鸥。

注释：

①危樯：高高的桅杆。危，高。樯，船上挂风帆的桅杆。

②独夜舟：是说诗人孤零零地一个人夜泊江边。

③月涌：月亮倒映，随水流涌。

④大江：指长江。

⑤飘飘：飞翔的样子，是借沙鸥以写人的漂泊，这里含有飘零、漂泊的意思。

明 文徵明 聚桂斋图（局部）

同从弟[1]南斋[2]玩月忆山阴[3]崔少府[4]

王昌龄

高卧南斋时,开帷[5]月初吐。
清辉澹[6]水木,演漾[7]在窗户。
荏苒[8]几盈虚[9],澄澄变今古。
美人[10]清江畔,是夜越吟[11]苦。
千里其如何,微风吹兰杜[12]。

译文:

我和从弟在南斋高卧的时候,掀开窗帘观赏那初升的明月。
淡淡的月光洒在水上、树上,像水波一样倾泻在窗户上。
时间流逝,月亮圆了又缺,月光见证着世事变迁。
崔少府在清江河畔,今夜唱着越歌抒发思乡之苦。
千里迢迢可否共赏迷人的月色?微风吹拂着兰草和杜若。

注释:

[1] 从弟:堂弟。
[2] 斋:书房。
[3] 山阴:今浙江绍兴。
[4] 少府:官名,为九卿之一,次于县令。
[5] 帷:帘幕。
[6] 澹:水缓缓地流。
[7] 演漾:形容月色如水波般荡漾。
[8] 荏苒:渐渐。指时间推移。
[9] 几盈虚:月亮圆缺反复多次。
[10] 美人:旧时指所思慕的人,这里指崔少府。
[11] 越吟:唱越歌以寄托乡思。
[12] 兰杜:兰草和杜若,二者都是香草,古时多用以比喻人的节操美名。

清 华嵒 隔水吟窗图

枫桥夜泊①②

张继

月落乌啼霜满天③,
江枫④渔火对愁眠。
姑苏⑤城外寒山寺⑥,
夜半钟声到客船。

译文：

　　月亮已落下，乌鸦的啼叫声使人觉得寒气逼人，对着江边的枫树与船上的渔火忧愁而眠。

　　姑苏城外那座寒山古寺，半夜里敲响的钟声传到了我乘坐的客船。

注释：

①枫桥：在今江苏苏州市西郊。
②夜泊：夜间把船停靠在岸边。
③霜满天：形容空气极冷。
④江枫：江边的枫树。江，指吴淞江，源自太湖，流经上海，汇入长江，俗称苏州河。
⑤姑苏：苏州的别称，因城西南有姑苏山而得名。
⑥寒山寺：枫桥附近的寺院，建于南朝梁代。

明 陈洪绶 远浦归帆图（局部）

旅宿

杜牧

旅馆无良伴[①]，凝情[②]自悄然[③]。
寒灯思旧事，断雁[④]警[⑤]愁眠。
远梦归侵晓[⑥]，家书到隔年。
沧江好烟月[⑦]，门[⑧]系钓鱼船。

译文：

　　住在旅馆中没有好朋友相伴，心情忧郁，独自凝神沉思。

　　我在寒灯下回忆起往日旧事，孤雁的哀鸣声令人愁思难眠。

　　故乡遥远，梦魂要接近拂晓才能到家，家信更要隔年方可送达。

　　烟笼月照的沧江多么美丽，家门前就系着钓鱼船。

注释：

①良伴：好朋友。　②凝情：凝神沉思。
③悄然：忧伤的样子。
④断雁：离群之雁，这里指离群孤雁的鸣叫声。　⑤警：惊醒。　⑥侵晓：破晓。
⑦好烟月：指隔年初春的美好风景。
⑧门：这里指家门前。

清　王宸　山水图

夜雨寄北①

李商隐

君②问归期③未有期,
巴山④夜雨涨秋池⑤。
何当⑥共⑦剪西窗烛⑧,
却话⑨巴山夜雨时。

译文:

您问我回家的日期,归期难定,今晚巴山下着大雨,雨水已涨满秋池。

什么时候我们才能一起剪烛长谈,相互倾诉今宵巴山夜雨中的思念之情啊。

注释:

①寄北:写信寄给北方的人。诗人当时在巴蜀(现在的四川省),他的妻子在长安,所以说"寄北"。
②君:对对方的尊称,相当于现代汉语中的"您"。
③归期:指回家的日期。
④巴山:泛指四川东部一带的山。
⑤秋池:秋天的池塘。
⑥何当:什么时候。
⑦共:一起。
⑧剪西窗烛:剪烛,剪去燃焦的烛芯,使烛光明亮。这里形容深夜剪烛长谈。
⑨却话:回头说,追述。

明 仇英 枫溪垂钓图

宿建德江[1]

孟浩然

移舟[2]泊[3]烟渚[4],
日暮客[5]愁[6]新。
野[7]旷[8]天低树[9],
江清月近人[10]。

译文:

  把船停泊在烟雾弥漫的沙洲旁，日暮时分新愁又涌上了心头。

  原野无边无际，远处的天空比近处的树林还要低；江水清清，明月仿似更与人靠近。

注释:

  [1]建德江：指新安江流经建德（今属浙江）的那一段。

  [2]移舟：划动小船。

  [3]泊：停船靠岸。

  [4]烟渚：指江中雾气笼罩的小沙洲。渚，水中的小块陆地。

  [5]客：指作者自己。

  [6]愁：为思乡而忧思不堪。

  [7]野：原野。

  [8]旷：空阔远大。

  [9]天低树：天幕低垂，好像和树木相连。

  [10]月近人：倒映在水中的月亮好像靠近人。

清 查士标 青山卞居图

汾上惊秋[1]

苏颋

北风吹白云，
万里渡河汾[2]。
心绪逢摇落，
秋声不可闻。

译文：

北风吹卷着白云，使之翻滚涌动，我要渡过汾河，到万里以外的地方去。

满心的离愁别绪又恰逢落叶飘零，我再也不愿听到萧瑟的秋风声。

注释：

[1] 汾上：指汾阳县（今山西省汾阳市）。
[2] 河汾：黄河与汾河的并称。

明 董其昌 江山秋霁图

蜀道后期①

张说

客心②争日月，
来往预③期程。
秋风不相待，
先至洛阳城。

译文：

　　我客游在外，思归的心总是和时间赛跑，事先将来来往往之事计划好日程。

　　可秋风不肯等待，已经先到了我的家乡洛阳城。

注释：

①蜀道后期：指作者出使蜀地，未能如期归家。
②客心：客居外地者的心情。
③预：事先准备。

明 佚名 画岩壑清晖册

静夜思

李白

床前明月光，
疑①是地上霜。
举头②望明月，
低头思故乡。

译文：

　　明亮的月光洒在床前，好像地上泛起了一层白霜。

　　我抬起头来，看那窗外空中的明月，不由得低头沉思，想起远方的家乡。

注释：

①疑：好像。
②举头：抬头。

明 沈周 东庄图册

寄令狐郎中

李商隐

嵩云^①秦树^②久离居，
双鲤^③迢迢一纸书。
休问梁园^④旧宾客^⑤，
茂陵^⑥秋雨病相如。

译文：

你我就像是嵩山云和秦川树，分离许久。我收到了你千里迢迢寄来的慰问书信。

请别问我这个梁园旧客过得怎么样，我就像茂陵秋雨中多病的司马相如一样。

注释：

①嵩云：嵩山之云。
②秦树：秦中之树。这里分别借指洛阳、长安两地。 ③双鲤：指书信。
④梁园：汉梁孝王的宫苑。大文学家司马相如曾是梁孝王的宾客，在梁园住过。
⑤旧宾客：作者自称。
⑥茂陵：汉武帝陵墓。司马相如曾因患病，被免去孝文园令，住于茂陵。李商隐在写此诗时卧病于洛阳，以闲居病免的司马相如自比。

明 盛茂烨 山水册页

归雁

钱起

潇湘①何事等闲②回，
水碧沙明两岸苔。
二十五弦③弹夜月，
不胜④清怨⑤却飞来。

译文：

　　大雁，你为何那么轻易地从潇湘那样美丽的地方回来呢？那里溪水澄澈，沙石明净，岸边还有青苔可以供你觅食。

　　大雁答道："湘灵之神在月夜弹奏的曲调太伤感了，我忍受不了那哀怨的曲调，不得不离开潇湘飞回到北方来。"

注释：

①潇湘：泛指湖南地区。潇湘在洞庭湖南面，水暖食足，气候很好，古人认为那里是大雁过冬的好地方。
②等闲：随随便便，轻易。
③二十五弦：指瑟这种乐器。
④胜：承受。
⑤清怨：此处指曲调凄清哀怨。

明 佚名 画岩壑清晖册

除夜有感

崔涂

迢递①三巴②路，羁危③万里身。
乱山残雪夜，孤独异乡人。
渐与骨肉远，转于④僮仆⑤亲。
那堪正飘泊，明日⑥岁华⑦新。

译文：

跋涉在崎岖的三巴路上，漂泊在万里之外的危险地方。

群山上的残雪映着寒夜，我这他乡之客孤独地点燃蜡烛。

因离亲人越来越远，反而与书童和仆人渐渐亲近。

真难以忍受在漂泊中度过除夕夜，明天是新年。

注释：

①迢递：遥远。
②三巴：指巴郡、巴东、巴西，在今四川东部。
③羁危：指流落于危险的蜀道上。
④转于：反而与。
⑤僮仆：侍候主人的孩童和仆人。僮，同"童"。
⑥明日：指新年。
⑦岁华：岁月，年华。

清 江注 浅色山水图（局部）

邯郸冬至夜思家[①][②]

白居易

邯郸驿[③]里逢冬至，
抱膝灯前影伴身。
想得家中夜深坐，
还应说着远游人[④]。

译文：

居住在邯郸客栈的时候正好是冬至节，而我只能抱膝坐在灯前，与自己的影子相伴。

想到家中亲人今日也会相聚到深夜，还应该谈论我这个离家在外的人。

注释：

①邯郸：地名，今河北省邯郸市。
②冬至：二十四节气之一，在阳历十二月下旬，这一天白天最短，夜晚最长。古代冬至有全家团聚的习俗。
③驿：驿站，古代供官员途中吃饭、住宿、换马的地方。
④远游人：离家在外的人，这里指作者自己。

◇ 明末清初 石涛 山水图

秋兴八首（其一）

杜甫

玉露①凋伤②枫树林，
巫山巫峡③气萧森④。
江间波浪兼天涌⑤，
塞上⑥风云接地阴⑦。
丛菊两开⑧他日⑨泪，
孤舟一系故园⑩心。
寒衣⑪处处催刀尺⑫，
白帝城⑬高急暮砧⑭。

译文：

枫树在深秋露水的侵蚀下逐渐凋零、残伤，巫山和巫峡也笼罩在萧森的迷雾中。

江间波浪连天涌起，上空的乌云像是要压到地面上来似的，天地一片阴沉。

花开花落已两载，看着菊花想到两年未曾回家，不免伤心落泪。小船还系在岸边，虽然我不能东归，心却系在故园。

又在赶制冬天御寒的衣服了，白帝城传来急促的捣衣声。

注释：

①玉露：秋天的霜露。
②凋伤：使草木凋落衰败。
③巫山巫峡：即指夔州（今奉节）一带的长江和峡谷。
④萧森：萧瑟阴森。

⑤兼天涌：波浪滔天。
⑥塞上：这里指夔州的山。
⑦接地阴：风云盖地。
⑧丛菊两开：指经历了两个秋天。
⑨他日：往日，指多年来的艰难岁月。
⑩故园：此处当指长安。
⑪寒衣：指冬天御寒的衣服。
⑫催刀尺：指赶裁新衣。
⑬白帝城：古城名，在今重庆奉节东白帝山上，由东汉初年公孙述所筑，公孙述自号"白帝"，故称"白帝城"。
⑭急暮砧：黄昏时急促的捣衣声。砧，捣衣石。

明 丁玉川 渔乐图

题金陵渡①

张祜

金陵津②渡小山楼③,
一宿④行人⑤自可⑥愁。
潮落夜江斜月⑦里,
两三星火⑧是瓜洲⑨。

译文：

夜宿在金陵渡口的小山楼，辗转难眠，心中满怀旅愁。

月亮的光辉照着落潮的江水，远处几点星火闪烁的地方就是瓜洲。

注释：

①金陵渡：渡口名，在今江苏省镇江市附近。
②津：渡口。
③小山楼：渡口附近的小楼，是作者当时的寄居之地。
④一宿：过夜。
⑤行人：旅客，指作者自己。
⑥可：当。
⑦斜月：下半夜偏西的月亮。
⑧星火：形容远处三三两两像星星一样闪烁的火光。
⑨瓜洲：在长江北岸，与镇江市隔江斜对，向来是长江南北水运的交通要道。

宋 佚名 春江帆饱图

忆江上吴处士[1]

贾岛

闽国[2]扬帆去,蟾蜍[3]亏复圆[4]。
秋风生渭水[5],落叶满长安。
此地[6]聚会夕,当时雷雨寒。
兰桡[7]殊未返,消息海云端。

译文:

自从你扬帆远航到福建,月亮已经几度圆缺。
分别时秋风吹拂着渭水,都城长安撒满落叶。
记得在送别聚会的那夜,雷雨交加,让人生寒。
你乘坐的船还没有回来,你的消息还远在海云边。

注释:

①处士:指隐居而不做官的人。
②闽国:指今福建省一带。
③蟾蜍:即癞蛤蟆。神话传说中月里有蟾蜍,所以这里用它指代月亮。
④亏复圆:指月亮缺了又圆。
⑤渭水:渭河,发源于甘肃,经陕西流入黄河。
⑥此地:指渭水边的分别之地。
⑦兰桡:以木兰树做的船桨,这里代指船。

◇ 宋 佚名 江上青峰图

月夜

杜甫

今夜鄜州①月，闺中②只独看。
遥怜③小儿女，未解④忆长安。
香雾云鬟湿，清辉⑤玉臂寒。
何时倚虚幌⑥，双照泪痕干。

译文：

对于今夜里鄜州上空的那轮圆月，妻子只能独自在远方遥望。
我远在他乡想念年幼的儿女，他们还不懂得思念在长安的父亲。
蒙蒙雾气沾湿了你的鬟发，清冷的月光使你感到寒冷。
什么时候才能一起靠在透光的窗帷旁，让月光擦干两人思念的泪。

注释：

①鄜州：今陕西省富县。当时杜甫的家属在鄜州，杜甫在长安。
②闺中：指妻子。
③怜：想。
④未解：尚不懂得。
⑤清辉：指月光。
⑥虚幌：透明的窗帷。

明 仇英 柳园人形山水图

江楼感旧[1]

赵嘏

独上江楼思渺然[3],
月光如水水如天。
同来望月人何处?
风景依稀[4]似去年。

译文:

我独自登上江楼,不由得思绪万千,眼前月光如水,水色如天。

曾经与我一同观月的人现在在哪里呀?只有此处的风景依稀还像从前一样。

注释:

① 江楼:江边的小楼。
② 感旧:感念旧友旧事。
③ 思渺然:思绪怅惘。
④ 依稀:仿佛,好像。

宋 佚名 江城图(局部)

行军九日思长安故园①

岑参

强②欲登高③去,
无人送酒来。
遥怜故园菊,
应傍④战场开。

译文:

　　勉强地想要按照习俗去登高饮酒,然而在这行军途中,没有人把酒送来。

　　怜惜远方长安故园中的菊花,这时它们应寂寞地在战场旁边盛开。

注释:

①九日:指九月九日重阳节。
②强:勉强。
③登高:指重阳节登高、赏菊、饮酒以避灾祸的风俗。
④傍:靠近,接近。

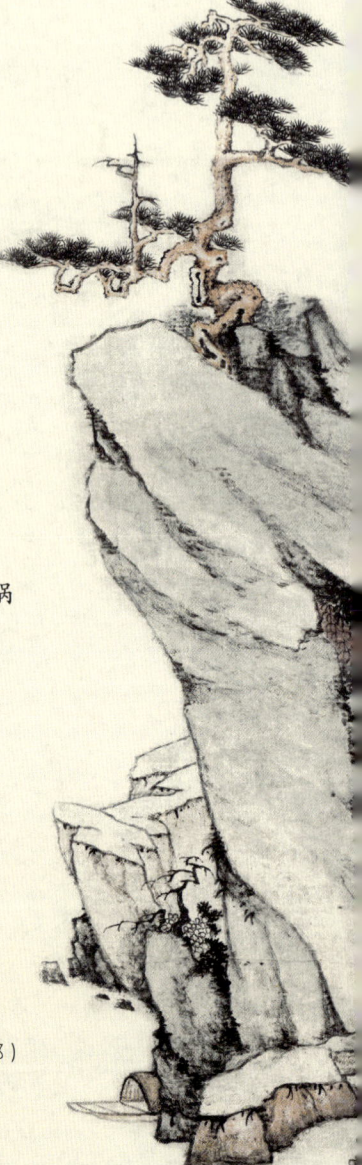

清 戴本孝 苍松劲节图(局部)

秋夜寄邱员外

韦应物

怀君属①秋夜，
散步咏凉天。
山空松子落，
幽人②应未眠。

译文：

在这秋夜，我心中怀念着你，一边散步一边咏叹这初凉的天气。

寂静的山中传来松子落地的声音，遥想你应该也还未入睡。

注释：

①属：正值，适逢，恰好。
②幽人：幽居隐逸的人，悠闲的人。此处指邱员外。

清 龚贤 挂壁飞泉图

春夜洛城闻笛[①]

李白

谁家玉笛[②]暗飞声[③],
散入春风满洛城。
此夜曲中闻[④]折柳[⑤],
何人不起故园[⑥]情。

译文:

这是从谁家飘出的悠扬笛声呢?它随着春风飘扬,传遍洛阳全城。今夜在他乡听到这曲《折杨柳》,谁又能不生出怀念故乡的愁情?

注释:

①洛城:今河南洛阳。
②玉笛:精美的笛子。
③暗飞声:声音不知从何处传来。声,声音。
④闻:听,听见。
⑤折柳:即《折杨柳》笛曲,曲中表达了送别时的哀怨感情。
⑥故园:指故乡。

秋思

张籍

洛阳城里见秋风，
欲作家书意万重①。
复恐匆匆说不尽，
行人②临发又开封③。

译文：

　　洛阳城里刮起了秋风，心中思绪翻涌，想写封家书问候平安。

　　又担心时间匆忙，有没写到之处，在送信之人临行前再次打开信封检查。

注释：

①意万重：形容思绪万千。
②行人：指送信的人。
③开封：把封好的信拆开。

清 华喦 梅竹春音图

春望

杜甫

国①破②山河在，城③春草木深④。
感时⑤花溅泪，恨别⑥鸟惊心。
烽火⑦连三月，家书抵⑧万金。
白头搔⑨更短，浑欲⑩不胜簪⑪。

译文：

　　长安沦陷，国家残破，只有山河依旧；春天来了，人烟稀少的长安城里草木茂密。

　　感于战败的时局，看到花开而潸然泪下，内心惆怅怨恨，听到鸟鸣而心惊胆战。

　　连绵的战火已经延续了几个月，一封家书抵得上万两黄金。

　　愁绪缠绕，搔头思考，白发越搔越短，简直要插不了簪子了。

注释：

①国：国都，指长安（今陕西西安）。
②破：陷落。
③城：长安城。
④草木深：指人烟稀少。
⑤感时：为国家的时局而感伤。
⑥恨别：怅恨离别。
⑦烽火：古时边防报警的烟火，这里指安史之乱的战火。
⑧抵：值，相当于。
⑨搔：用手指轻轻地抓。
⑩欲：想，要，就要。
⑪簪：一种束发的首饰。古代男子蓄长发，成年后束发于头顶，用簪子横插住，以免散开。

寒食[1]

孟云卿

二月[2]江南花满枝，
他乡寒食远堪悲。
贫居往往无烟火[3]，
不独明朝[4]为子推[5]。

译文：

　　二月的江南，繁花开满枝头，在他乡过寒食节足够悲哀了。

　　贫困的生活平常也是不生火做饭的，不仅仅是为了纪念介子推。

注释：

①寒食：清明前一日。
②二月：寒食在冬至后一百零五天，若冬至在十一月上旬，或是冬至到来年二月间有闰月，则寒食就在二月。
③无烟火：寒食节禁火，但穷人平时也常常断炊，即使不禁火，也不生火做饭。
④明朝：明天。
⑤子推：介子推，春秋晋国人。他曾随晋公子重耳逃亡在外十九年。后重耳回国，做了国君（晋文公），赏赐功臣，竟忘了他。介子推与母亲隐居绵山，晋文公遍寻他不见，便焚山求索，结果介子推被烧死。后人为纪念他，于寒食那日禁止烟火。

◇ 明 佚名 画岩壑清晖册

杂诗

王维

君①自故乡来，
应知②故乡事。
来日③绮窗④前，
寒梅⑤著花未⑥？

译文：

　　您是从我的家乡来的，一定了解我的家乡的情况。
　　请问您来的时候，我家雕刻花纹的窗户前，那一株腊梅花开了没有？

注释：

①君：对对方的尊称，您。
②应知：应该知道，应该了解。
③来日：来的时候。
④绮窗：雕刻花纹的窗户。
⑤寒梅：冬天绽放的梅花。
⑥著花未：开花没有？著花，开花。未，用于句末，相当于"否"，表疑问。

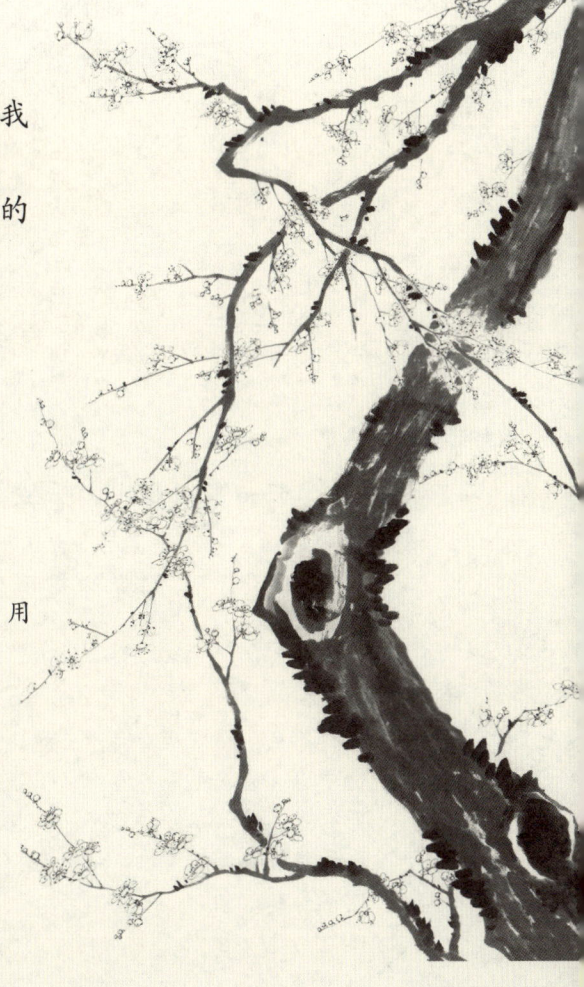

◇ 清 金农 墨梅图

十五夜望月①

王建

中庭②地白③树栖鸦,
冷露④无声湿桂花。
今夜月明人尽⑤望,
不知秋思⑥落⑦谁家。

▷ 宋 赵佶 柳鸦芦雁图（局部）

译文：

　　庭院地面雪白，树上栖息着鸦雀，秋露无声无息地打湿了院中的桂花。

　　今天晚上，人们都仰望明月，不知道这秋思之情落在了谁家。

注释：

①十五夜：指农历八月十五的晚上，即中秋夜。
②中庭：庭院中。　③地白：指月光照在庭院地上的样子。
④冷露：秋天冰冷的露水。　⑤尽：都。
⑥秋思：秋天的情思，这里指怀人的思绪。
⑦落：在，到。

寄人

张泌

别梦依依到谢家①,
小廊回合②曲阑③斜。
多情只有春庭月,
犹为离人④照落花。

译文:

离别后经常梦到你家,院中风景依旧,回绕的小廊和栏杆仍在。

只有明月最多情,还为离人照着落花。

注释:

①谢家:泛指闺中女子。晋谢奕之女谢道韫、唐李德裕之妾谢秋娘等皆有盛名,故后人多以"谢家"代指闺中女子。
②回合:回环,回绕。
③阑:栏杆。
④离人:这里指寻梦人。

明 佚名 画岩壑清晖册

商山早行①

温庭筠

晨起动征铎②,客行悲故乡。
鸡声茅店月,人迹板桥霜。
槲③叶落山路,枳④花明⑤驿墙⑥。
因思杜陵⑦梦,凫雁满回塘⑧。

译文:

黎明起床时,车马的铃铎已震动,游子踏上旅途,还一心思念故乡。

鸡声嘹亮,茅草店沐浴着晓月的余晖;足迹凌乱,木板桥覆盖着早春的寒霜。

枯败的槲叶,落满了荒山的野路;细白的枳花,开放在驿站的泥墙边。

回想昨夜梦见杜陵的美好情景,一群群鸭雁,正嬉戏在岸边弯曲的湖塘中。

注释:

①商山:位于陕西商洛市东南。
②动征铎:震动出行的铃铛。
③槲:落叶乔木。叶子在冬天虽枯而不落,春天树枝发芽时才落。
④枳:也叫"臭橘",一种落叶灌木或小乔木。春天开白花,果实似橘而略小,酸不可吃,可用作中药。
⑤明:使……明艳。
⑥驿墙:驿站的墙壁。驿,古时候递送公文的人或来往官员暂住、换马的处所。
⑦杜陵:这里指长安。作者此时从长安赴襄阳投友,途经商山。
⑧回塘:弯曲的池塘。

明 画岩壑清晖册

长安晚秋

赵嘏

云物①凄清②拂曙③流,
汉家宫阙④动高秋⑤。
残星⑥几点雁横塞⑦,
长笛一声人倚楼。
紫艳⑧半开篱菊静,
红衣⑨落尽渚⑩莲愁。
鲈鱼正美⑪不归去,
空戴南冠⑫学楚囚。

译文：

　　天快亮了，云雾在微寒的天空中流动，楼台殿阁高高耸立触天空。
　　仰望天空，还能看见几颗星星，只见南飞的大雁越过关塞，悠扬的笛声里，我在楼上倚着栏杆眺望。
　　艳丽的紫色的菊花静静地吐着芳幽，红红的莲花落瓣忧心忡忡。
　　可惜鲈鱼正美却不能回去，像囚徒一样头戴楚冠留在这里。

注释：

①云物：天上飘浮的云雾。
②凄清：指秋天到来后的那种乍冷未冷的微寒。
③拂曙：拂晓，天要亮还未亮的时候。
④汉家宫阙：指唐朝的宫殿。

⑤动高秋：形容宫殿高耸，好像触动高高的秋空。

⑥残星：天将亮时的星星。

⑦雁横塞：大雁横越关塞。横，渡，越过。

⑧紫艳：艳丽的紫色。

⑨红衣：指红色的莲花瓣。

⑩渚：水中的小块陆地。

⑪鲈鱼正美：西晋的张翰在齐王司马冏执政时为大司马东曹掾。他预知司马冏将败，又因秋风起，想到菰菜羹、鲈鱼脍这些家乡美味，便弃官回家。不久，司马冏果然被杀。后人用"鲈鱼正美"表示思乡之情。

⑫南冠：楚冠。因为楚国在南方，所以称楚冠为"南冠"。

◇ 明 沈周 雨江名胜图

与史郎中钦①听黄鹤楼②上吹笛

李白

一为迁客③去长沙④,
西望长安不见家。
黄鹤楼中吹玉笛,
江城⑤五月落梅花⑥。

译文:

被贬谪的人要远去长沙,向西望向长安也看不见家。

黄鹤楼上传来了《梅花落》的笛声,在这五月的江城,好似见到纷落的梅花。

注释:

①郎中:官名,为朝廷各部所属的高级部员。
②黄鹤楼:古迹在今湖北省武汉市,今已重建。
③迁客:被贬谪之人。
④去长沙:这里引用了汉代贾谊的事。贾谊因受人诋毁,被贬到长沙。
⑤江城:指江夏(今湖北省武汉市),因在长江、汉水滨,故称"江城"。
⑥落梅花:古代笛曲名《梅花落》。

明 文徵明 浒溪草堂图(局部)

宿骆氏亭寄怀崔雍崔衮[①]

李商隐

竹坞[②]无尘水槛[③]清,
相思迢递[④]隔重城[⑤]。
秋阴不散霜飞晚,
留得枯荷听雨声[⑥]。

译文：

　　骆氏亭外竹林环绕，雨后的亭外景色焕然一新。相思之情飞向远方，可却隔着重重的高城。

　　深秋的天空一片阴霾，霜飞的时节也来迟了。水中的荷叶早已凋残，只留下几片枯叶供人聆听雨声。

注释：

　　①崔雍崔衮："崔雍""崔衮"是兄弟二人，是崔戎的儿子，李商隐的从表兄弟。
　　②竹坞：丛竹掩映的池边高地。
　　③水槛：指临水有栏杆的亭榭。此指骆氏亭。
　　④迢递：遥远。
　　⑤重城：一道道城关。
　　⑥枯荷听雨声：意思是雨滴枯荷，大约只有彻夜辗转难眠的人才能听到。

◇ 明 钱穀 竹亭对棋图

望月有感

白居易

自河南经乱,关内阻饥,兄弟离散,各在一处。因望月有感,聊书所怀,寄上浮梁大兄①、於潜七兄②、乌江十五兄③,兼示符离及下邽弟妹。

时难年荒世业④空,
弟兄羁旅⑤各西东。
田园寥落干戈后,
骨肉流离道路中。
吊影⑥分为千里雁⑦,
辞根⑧散作九秋⑨蓬。
共看明月应垂泪,
一夜乡心五处同。

译文:

自从河南地区经历战乱,关内一带漕运受阻,致使饥荒四起,我们兄弟也因此流离失散,各自在一处。我因为看到月亮而有所感触,便随性写诗一首来记录感想,寄给在浮梁的大哥、在於潜的七哥、在乌江的十五哥和在符离、下邽的弟弟妹妹们看。

家业在灾年中荡然一空,弟兄分散,各自漂泊在他乡。
战乱过后,田园荒芜寥落;在逃亡途中,骨肉同胞离散。
顾影自怜,好像离群的大雁;行踪不定,就像无根的秋蓬。
分散的亲人同看明月,都会伤心落泪,一夜思乡的心情五地相同。

注释：

①浮梁大兄：白居易的大哥白幼文，贞元十四、五年（798-799年）间任饶州浮梁主簿。

②於潜七兄：白居易的叔父白季康的长子，时任於潜县尉。

③乌江十五兄：白居易的堂兄白逸，时任乌江县主簿。

④世业：世代传下的祖业。

⑤羁旅：漂泊于旅途。

⑥吊影：顾影自怜，孤单寂寞。

⑦千里雁：指兄弟如雁，分飞于千里之外。古人以雁行比喻兄弟。

⑧辞根：离根，这里指蓬草离根飞散。

⑨九秋：深秋。

明 佚名《画岩壑清晖册》（局部）

澗寒人欲到
林黑鳥應棲
倣巨然

送别诗

送君千里,终于一别。
含蓄的中国人表达离愁别绪,仍然惜墨如金。

"劝君更尽一杯酒,西出阳关无故人。"写出了友人的不舍。
"临行密密缝,意恐迟迟归。"写尽了母亲的担忧。
"海内存知己,天涯若比邻。"写满了对知己的安慰与鼓舞。

《京江送别图》更像是一张抓拍的照片——
河边垂柳繁茂,波平如镜的水上,一艘小船刚刚启程,
送别的人们正在行礼,互道珍重。

古人吟诗作画表达送别的仪式感,即使千百年过去了,
再看到这幅画时仍会感受到画中人的依依不舍。

◇ 明 佚名 花卉双禽图

游子吟[1]

孟郊

慈母手中线，
游子身上衣。
临[2]行密密缝，
意恐[3]迟迟归[4]。
谁言寸草心[5]，
报得三春晖[6]。

译文：

慈祥的母亲手里拿着针线，为即将远游的孩子赶制新衣。
临行前一针针密密地缝缀，怕儿子回来得晚衣服破损。
谁说像小草那样微弱的孝心，能报答得了像春日阳光一样的母爱呢？

注释：

①游子：指诗人自己，以及其他离乡的游子。
②临：将要。
③意恐：担心。
④归：回来，回家。
⑤寸草心：小草的嫩心。这里是语义双关，既指草的嫩心，也指子女的心意。
⑥三春晖：春天灿烂的阳光，指慈母之恩。旧称农历正月为孟春，二月为仲春，三月为季春，三者合称"三春"。

留别王维

孟浩然

寂寂竟何待,朝朝空自归。
欲寻芳草①去,惜与故人违②。
当路③谁相假④,知音世所稀。
只应守寂寞,还掩故园扉⑤。

译文:

这样寂寞还等待着什么?天天都是失望而归。
我想寻找幽静的山林隐去,又可惜要与老朋友分离。
当权者谁肯援引我,知音实在是世间难找。
只应该与寂寞相守,关上柴门与人世隔离。

注释:

①寻芳草:隐居山林之意。
②违:别离。
③当路:当权者。
④假:相助之意。
⑤扉:门。

芙蓉楼送辛渐①

王昌龄

寒雨连江夜入吴,
平明②送客楚山③孤。
洛阳亲友如相问,
一片冰心在玉壶。

译文:

冷雨连夜洒遍吴地,清晨送走你后,我独自面对着楚山,离愁无限。

到了洛阳,如果洛阳亲友问起我来,就请你转告他们,我的心依然像玉壶里的冰那样晶莹纯洁。

注释:

①芙蓉楼:楼名,为唐代润州(今江苏镇江)之西北角楼。
②平明:天刚亮。
③楚山:润州春秋时属吴地,战国时属楚地,故称"楚山",与上句中的"吴"互文。

清 查士标 溪亭独眺图(局部)

宣州谢朓楼饯别校书叔云

李白

弃我去者昨日之日不可留，
乱我心者今日之日多烦忧。
长风万里送秋雁，
对此可以酣高楼。
蓬莱文章建安骨，
中间小谢又清发。
俱怀逸兴壮思飞，
欲上青天揽明月。
抽刀断水水更流，
举杯消愁愁更愁。
人生在世不称意，
明朝散发弄扁舟。

明 唐寅 金昌送别图

译文：

弃我而去的昨天，早已不可挽留。
乱我心绪的今天，使人无限烦忧。
万里长风，送走一行行秋雁。面对美景，可以在高楼上酣饮。
先生的文章颇具建安风骨，又不时流露出小谢诗风的清秀。
我们都满怀豪情逸兴，飞跃的神思像要飞上青天去摘取明月。
拔刀断水，水却更加汹涌奔流；举杯消愁，愁却更加浓烈。
人生在世不能称心如意，不如披头散发，乘小船归隐江湖。

注释：

①宣州：今安徽宣城一带。
②谢朓（tiǎo）楼：又名北楼、谢公楼，在安徽省宣城市的陵阳山上，是南齐诗人谢朓任宣城太守时所建，并改名为叠嶂楼。　③饯别：以酒食送行。
④校（jiào）书：官名，即秘书省校书郎，掌管朝廷的图书整理工作。
⑤叔云：李白的叔叔李云。
⑥建安骨：指刚健遒劲的诗文风格。汉末建安年间，"三曹"和"七子"等作家所作之诗风骨遒劲，后人称之为"建安风骨"。
⑦小谢：指谢朓，为南朝齐诗人。后人称他为"小谢"，称谢灵运为"大谢"。这里是诗人用以自喻。
⑧清发：指清新秀发的诗风。　⑨逸兴：飘逸豪放的兴致。
⑩壮思：雄心壮志，豪壮。　⑪揽：摘取。
⑫散发：去冠披发，指隐居不仕。这里是形容狂放不羁。古人束发戴冠，散发表示闲适自在。
⑬弄扁舟：乘小舟归隐江湖。扁舟，小舟，小船。

送杜少府之任蜀州①

王勃

城阙②辅③三秦④,风烟望五津⑤。
与君离别意,同是宦游人⑥。
海内存知己,天涯若比邻。
无为在歧路⑦,儿女共沾巾。

译文:

三秦之地护卫着长安,透过那风云烟雾遥望着蜀州。

和你离别,心中怀着无限情意,因为我们同在宦海中浮沉。

四海之内有知心朋友,即使远在天边也如近在眼前。

绝不要在岔路口离别时,像多情的少年男女那样悲伤得泪湿衣巾。

注释:

①之任:赴任。 ②城阙:指唐代的都城长安。 ③辅:护持。
④三秦:西楚霸王项羽灭秦后,曾将其旧地分为雍、塞、翟三国,称"三秦"。此处指今陕西一带。
⑤五津:从四川灌县至犍为一段岷江上的五个渡口。此指蜀州一带。
⑥宦游人:在外做官之人。 ⑦歧路:岔路。

送友人入蜀

李白

见说①蚕丛路②，崎岖③不易行。
山从人面起，云傍马头生。
芳树④笼秦栈⑤，春流绕蜀城⑥。
升沉⑦应已定，不必问君平⑧。

译文：

听说从这里去蜀国的道路，自古以来都崎岖艰险，不易通行。

人在栈道上走时，山崖从人的脸旁突兀而起，云气依傍着马头上升、翻腾。

花树笼罩着从秦入蜀的栈道，春江碧水绕流蜀地的都城。

你的进退升沉都已是命中注定，不必向君平占卜。

注释：

①见说：唐代俗语，即"听说"。　②蚕丛路：代称入蜀的道路。
③崎岖：道路不平状。
④芳树：开着香花的树木。　⑤秦栈：由秦（今陕西省）入蜀的栈道。
⑥蜀城：指成都，也可泛指蜀中城市。
⑦升沉：进退升沉，即人在世间的遭遇和命运。
⑧君平：西汉严遵，字君平，隐居不仕，曾在成都以卖卜为生。

宋 赵黻 江山万里图

渡荆门送别[①]

李白

dù yuǎn jīng mén wài　　lái cóng chǔ guó yóu
渡 远 荆 门 外，来 从 楚 国 游。
shān suí píng yě jìn　　jiāng rù dà huāng liú
山 随 平 野 尽，江[②] 入 大 荒 流。
yuè xià fēi tiān jìng　　yún shēng jié hǎi lóu
月 下 飞 天 镜，云 生 结 海 楼[③]。
réng lián gù xiāng shuǐ　　wàn lǐ sòng xíng zhōu
仍 怜 故 乡 水[④]，万 里 送 行 舟。

◈ 明 文伯仁 浔阳送客图（局部）

译文：

　　我乘舟渡江来到遥远的荆门外，来到战国时期的楚国地带游览。

　　山随着平坦广阔的原野的出现而逐渐消失，江水在一望无际的原野中奔流。

　　江面上的月影好似天上飞来的明镜，江上的云霞仿佛显现出的海市蜃楼。

　　我依然怜爱这来自故乡的水，它奔流不息，陪伴我万里行舟。

注释：

①荆门：荆门山，位于今湖北省宜都市西北、长江南岸，隔江和虎牙山对峙，地势险要，自古即有"楚蜀咽喉"之称。
②江：长江。
③海楼：即海市蜃楼，这里形容江上的云霞形成的美丽景象。
④故乡水：指从四川流来的长江水。诗人从小生活在四川，故把四川称作故乡。

淮上①与友人别

郑谷

扬子江②头杨柳③春,
杨花愁杀④渡江人。
数声风笛⑤离亭⑥晚,
君向潇湘⑦我向秦⑧。

◇ 明 唐寅 山水人物图

译文：

扬子江边杨柳青青，春意正浓，漫天飞扬的杨花使渡江之人满怀愁绪。

在笛声中，天色渐晚，离亭染上了暮色，你即将南下潇湘，我却要奔向长安。

注释：

①淮上：扬州。
②扬子江：长江在今仪征市、扬州市一带的干流，古称"扬子江"。
③杨柳：即柳树。"柳"与"留"谐音，表示挽留之意。
④愁杀：愁绪满怀。杀，形容愁的程度之深。
⑤风笛：风中传来的笛声。
⑥离亭：驿亭。亭，古代路旁供人休息的地方，人们常在此送别，所以称为"离亭"。
⑦潇湘：指今湖南一带。
⑧秦：指当时的都城长安，在今陕西境内。

黄鹤楼送孟浩然之广陵

李白

故人西辞黄鹤楼，
烟花三月下扬州。
孤帆远影碧空尽，
唯见长江天际流。

译文：

老朋友在黄鹤楼与我辞别，在柳絮如烟、繁花似锦的阳春三月，他去扬州远游。

帆影渐渐消失在水天相连之处，只看见滚滚长江水向天边奔流。

注释：

①黄鹤楼：故址在今湖北武汉市武昌蛇山的黄鹄矶头，属于长江下游地带，传说三国时期的费祎于此登仙乘黄鹤而去，故称"黄鹤楼"。
②孟浩然：李白的朋友。
③广陵：即扬州。
④故人：老朋友，这里指孟浩然。
⑤烟花：形容春天薄雾霭霭、柳絮如烟、鲜花掩映的景物，指艳丽的春景。
⑥下：顺流而行。
⑦碧空尽：消失在碧蓝的天际。
⑧唯见：只看见。
⑨天际流：流向天边。

◇ 宋 燕文贵 层楼春眺图

送元二使安西[1][2][3]

王维

渭城[4]朝雨[5]浥[6]轻尘,
客舍[7]青青柳色新。
劝君更尽[8]一杯酒,
西出阳关[9]无故人。

译文:

渭城早晨的一场春雨沾湿了轻尘,客舍周围柳树的枝叶翠嫩一新。请你再干一杯美酒,向西出了阳关就难以遇到故人。

注释:

①元二:姓元,排行第二,是作者的朋友。
②使:出使。
③安西:指唐代安西都护府。
④渭城:即秦代咸阳古城,汉代改名为渭城。
⑤朝雨:早晨下的雨。
⑥浥:沾湿。
⑦客舍:驿馆,旅馆。
⑧更尽:再喝干,再喝完。
⑨阳关:古关名,在今甘肃省敦煌西南,为古代通西域的要道。

◇ 明 佚名 风雨泊舟图

送朱大①入秦②

孟浩然

游人③五陵④去,
宝剑值千金⑤。
分手脱⑥相赠,
平生一片心。

译文:

　　朱大你要到长安去,我佩带的宝剑值千金。

　　现在我就把这宝剑解下来送给你,以表达我今生对你的真心。

注释:

①朱大:孟浩然的好友。
②秦:指长安。
③游人:游子或旅客,此诗指的是朱大。
④五陵:长安和咸阳之间的五个汉代帝王陵墓,唐朝的时候是贵族聚居的地方。
⑤值千金:形容剑之名贵。值,价值。
⑥脱:解下。

明 董其昌 延陵村图

山中送别

王维

山中相送罢，
日暮掩①柴扉②。
春草明年绿，
王孙③归不归？

译文：

在深山中送走了好友，夕阳西下时把柴门关闭。
待到明年春草又绿的时候，朋友啊，你能不能回还？

注释：

①掩：关闭。
②柴扉：柴门。
③王孙：贵族的子孙，这里指诗人送别的友人。

明 唐寅 山水人物图

赋得暮雨送李胄

韦应物

楚江①微雨里，建业②暮钟时③。
漠漠④帆来重，冥冥⑤鸟去迟。
海门⑥深不见，浦⑦树远含滋⑧。
相送情无限，沾襟⑨比散丝⑩。

译文：

楚江笼罩在蒙蒙细雨里，建业城正敲响暮时之钟。
水汽迷蒙的江面帆影重重，天色昏暗，鸟儿也飞得迟缓。
长江流入海门深远不见，江边的树木被滋润得枝叶繁茂。
送别老朋友，我情深无限，泪水像江面的雨丝沾湿了衣襟。

注释：

①楚江：指长江，因长江自三峡以下至濡须口，皆为古代楚国境。
②建业：今江苏南京。
③暮钟时：敲暮钟的时候。
④漠漠：水汽迷蒙的样子。
⑤冥冥：天色昏暗的样子。
⑥海门：指长江入海处，在今江苏省南通市海门区。
⑦浦：近岸的水面。
⑧含滋：湿润，带着水汽。滋，润泽。
⑨沾襟：打湿衣襟。此处为双关语，兼指雨、泪。
⑩散丝：指细雨，这里喻指流泪。

宋 佚名 柳阁风帆图

淮上喜会梁州故人①②

韦应物

江汉曾为客,相逢每醉还。
浮云一别后,流水③十年间。
欢笑情如旧,萧疏鬓已斑。
何因不归去?淮上有秋山。

译文:

想当年客居他乡,飘零江汉;与你在异乡聚首,定要酣醉而还。

离别后如浮云般漂泊不定,岁月如流水,一晃就已过了十年。

今日相见,欢笑融洽的情态一如从前,人却已头发稀疏,两鬓斑白了。

为何我不与故人一同归去?因为淮上的秋山风景秀美,惹人留恋。

注释:

①淮上:淮水边。
②梁州:指兴元府(今陕西汉中市)。
③流水:比喻岁月如流。

清 石涛 山水册页

送李端

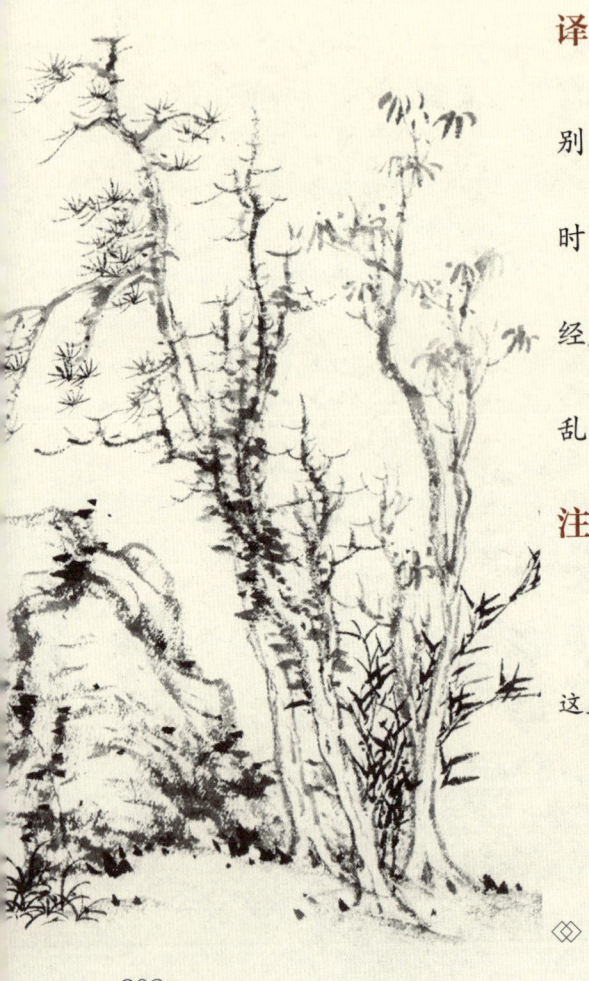

卢纶

故关①衰草②遍，离别正堪悲。
路出寒云外，人归暮雪时。
少孤③为客早，多难识君迟。
掩泣空相向，风尘④何所期。

译文：

故乡遍地都是衰败的枯草，好友相别实在是令人伤悲。

你去的道路伸向云天之外，我归来时只见暮雪纷飞。

我从小丧父，早年就客游外乡，多经磨难，我与你相见恨晚。

我望着你去的方向掩面而泣，在战乱年月，不知何时再见。

注释：

①故关：故乡。
②衰草：冬草枯黄，故曰"衰草"。
③少孤：少年丧父、丧母或父母双亡，这里指少年丧父。
④风尘：指社会动乱。

明末清初 蓝瑛 仿宋元山水图

云阳馆与韩绅宿别①

司空曙

故人江海②别,几度③隔山川。
乍④见翻⑤疑梦,相悲各问年。
孤灯寒照雨,深竹暗浮烟。
更有明朝恨,离杯⑥惜共传⑦。

译文:

自从和老友在江海分别,隔山隔水已度过多少年。
突然相见反而怀疑是梦,悲伤叹息互相询问年龄。
孤灯暗淡,照着窗外的冷雨,幽深的竹林飘浮着云烟。
明朝更有一种离愁别恨,难得今夜聚会传杯痛饮。

注释:

①宿别:同宿后又分别。
②江海:指上次的分别地,也可理解为泛指江海天涯,相隔遥远。
③几度:几次,此处犹言几年。
④乍:骤,突然。
⑤翻:反而。
⑥离杯:饯别之酒。杯,酒杯,此处代指酒。
⑦共传:互相举杯。

◇ 宋 佚名 清溪风帆图

喜见外弟又言别①

李益

十年离乱后，长大一相逢。
问姓惊初见，称名忆旧容。
别来②沧海事③，语罢④暮天钟。
明日巴陵⑤道，秋山又几重。

译文：

在社会动乱中离别了十年后，竟然在长大成人时意外相逢。
初见不相识，问了姓氏后分外惊喜，称名后才想起旧时的面容。
说不完别离后世事的变化，畅谈停止时听到黄昏寺院的鸣钟声。
明日你又要登上巴陵古道，秋山添的忧愁不知又隔几重。

注释：

①外弟：表弟。　②别来：指分别十年以来。
③沧海事：比喻世事变化巨大，有如沧海变桑田，桑田变沧海那样。
④语罢：谈话停止。　⑤巴陵：指岳州（今属湖南省岳阳市），即诗中外弟将去的地方。

◇ 明 仇英 临溪水阁图（局部）

赋得古原草送别

白居易

离离①原上草,一岁一枯荣。
野火烧不尽,春风吹又生。
远芳②侵③古道,晴翠④接荒城。
又送王孙⑤去,萋萋⑥满别情。

译文:

原野上长满茂盛的青草,每年都会茂盛一次,枯萎一次。
野火无法烧尽满地的野草,春风吹来,大地又是一片绿茸茸。
远处芬芳的野草遮没了古道,阳光下草原的碧绿与荒城相连。
今天我又来送别老朋友,连繁茂的草儿也满怀离别之情。

注释:

①离离:青草茂盛的样子。 ②远芳:延伸向远方的芳草。 ③侵:侵占,长满。
④晴翠:指在阳光的照耀下,野草更加明丽翠绿。 ⑤王孙:本指贵族后代,此处指出门远游的友人。
⑥萋萋:形容草木长得茂盛的样子。

◇ 清 樊圻 山水册页(局部)

无题[①]
（相见时难别亦难）

李商隐

相见时难别亦难，
东风无力百花残。
春蚕到死丝方尽[②]，
蜡炬成灰泪始干[③]。
晓镜[④]但愁云鬓[⑤]改，
夜吟应觉[⑥]月光寒[⑦]。
蓬山[⑧]此去无多路，
青鸟[⑨]殷勤[⑩]为探看[⑪]。

译文：

　　相见很难，离别更难，何况在这东风无力、百花凋谢的暮春时节。

春蚕到死时才吐完丝，蜡烛要烧成灰烬时像泪一样的蜡油才能滴干。

早晨梳妆照镜，只担忧如云的鬓发改变颜色，容颜不再；夜里独自吟诗，必然感到月光清冷。

蓬莱山离这儿不算太远，却无路可通，烦请青鸟一样的使者，殷勤地为我去探看。

注释：

①无题：唐代以来，有的人不愿意标出能够表示主题的题目时，常用"无题"作诗的标题。
②丝方尽：丝，与"思"谐音，以"丝"喻"思"，含相思之意。
③泪始干：泪才干。泪，指燃烧时的蜡烛油，这里取双关义，指相思的眼泪。
④晓镜：早晨对镜梳妆。镜，用作动词，照镜子的意思。
⑤云鬓：女子盛美如云的头发，这里比喻青春年华。
⑥应觉：设想之词。
⑦月光寒：指夜渐深。
⑧蓬山：蓬莱山，传说中的海上仙山。
⑨青鸟：西王母的神禽。
⑩殷勤：情谊恳切深厚。
⑪探看：打听打听看。

◇ 宋 米友仁 好山无数图（局部）

送灵澈上人[1]

刘长卿

苍苍[2]竹林寺[3],
杳杳[4]钟声晚。
荷笠[5]带斜阳,
青山独归远。

译文:

苍翠的丛林掩映着竹林寺,远远传来黄昏的钟鸣声。灵澈上人背着斗笠,在夕阳的余晖中独自向青山走去,渐行渐远。

注释:

[1]灵澈上人:唐代著名僧人,本姓杨,字源澄,会稽(今浙江绍兴)人,后为云门寺僧。上人,对僧人的敬称。
[2]苍苍:深青色。
[3]竹林寺:在今江苏镇江南。
[4]杳杳:深远的样子。
[5]荷笠:背着斗笠。荷,背着。

◇ 宋 李嵩 溪山水阁图

饯别王十一南游

刘长卿

望君烟水²阔，挥手泪沾巾。
飞鸟³没何处④，青山空向人。
长江一帆远，落日五湖⑤春。
谁见汀洲⑥上，相思愁白蘋⑦。

译文：

望着你的小船驶向茫茫云水间，我频频挥手，泪水沾湿佩巾。
你像一只飞鸟，不知归宿何处，留下这一片青山空对着行人。
江水茫茫，一叶孤帆渐渐消失，落日下你将欣赏五湖之美。
谁见我伫立在汀洲上怀念你，望着白蘋，心中充满愁绪。

注释：

①饯别：设酒食送行。
②烟水：茫茫的水面。
③飞鸟：比喻远行的人。
④没何处：从侧面写作者仍在凝望。没，消失。
⑤五湖：这里指太湖。
⑥汀洲：水边或水中的平地。
⑦白蘋：水中的浮草，花为白色。

宋 佚名 柳溪春色图

赠汪伦[1]

李白

李白乘舟将欲行,
忽闻岸上踏歌[2]声。
桃花潭[3]水深千尺[4],
不及[5]汪伦送我情。

译文:

李白乘舟将要离去远行,忽听岸上传来踏歌之声。
即使桃花潭水有千尺深,也比不上汪伦送我的友情。

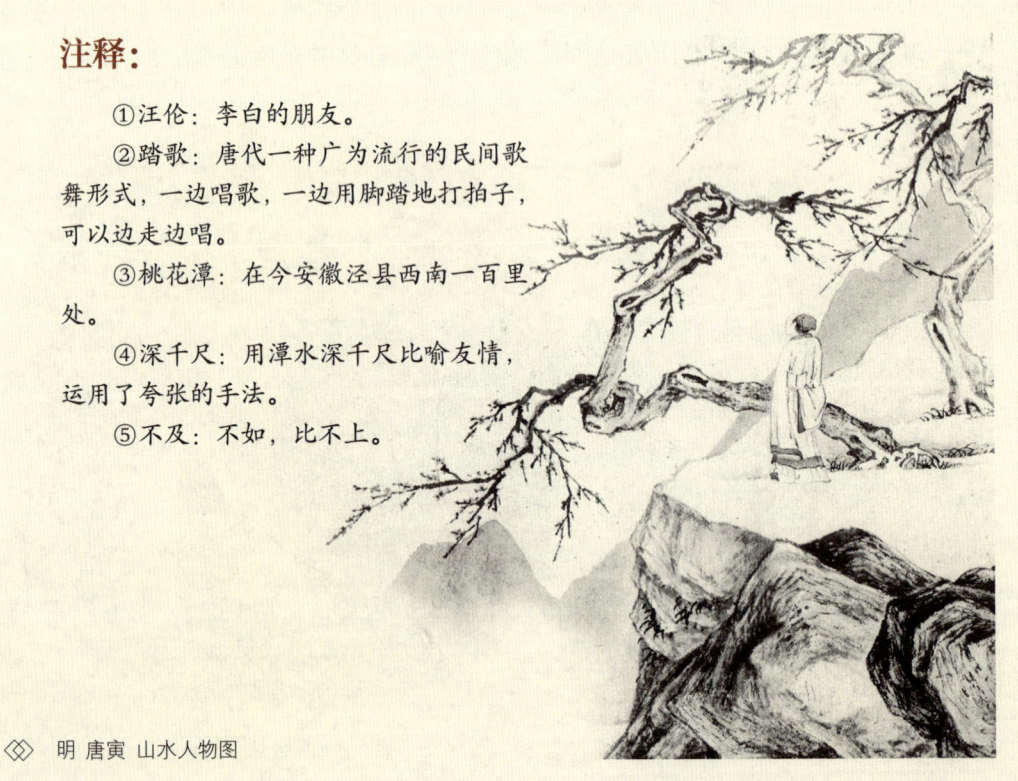

注释:

①汪伦:李白的朋友。
②踏歌:唐代一种广为流行的民间歌舞形式,一边唱歌,一边用脚踏地打拍子,可以边走边唱。
③桃花潭:在今安徽泾县西南一百里处。
④深千尺:用潭水深千尺比喻友情,运用了夸张的手法。
⑤不及:不如,比不上。

明 唐寅 山水人物图

韩冬郎即席为诗相送[1][2]（其一）

李商隐

十岁裁诗[3]走马成[4]，
冷灰残烛动离情。
桐花万里丹山路，
雏凤[5]清于老凤[6]声。

译文：

在昨日蜡烛点点、充满别情的送别宴席上，十岁的韩偓文思敏捷，跑马之间即成文章。

在那万里长的丹山路上，桐花丛中传来雏凤的鸣声，那声音比老凤更为清亮动听。

注释：

①韩冬郎：韩偓，乳名冬郎，是李商隐的连襟韩瞻的儿子，是晚唐小有名气的诗人。

②韩冬郎即席为诗相送：此诗全称为《韩冬郎即席为诗相送，一座尽惊。他日余方追吟"连宵侍坐徘徊久"之句，有老成之风，因成二绝寄酬，兼呈畏之员外》。

③裁诗：作诗。

④走马成：作诗文思敏捷，跑马之间即可写成。

⑤雏凤：这里指韩偓。

⑥老凤：这里指韩偓的父亲韩瞻。

清 虞沉 双马图

金陵酒肆①留别②

李白

风吹柳花满店香,
吴姬③压酒④劝客尝。
金陵子弟⑤来相送,
欲行⑥不行⑦各尽觞。
请君试问东流水,
别意与之谁短长?

译文:

春风吹起柳絮,酒店满屋飘香,侍女捧出美酒劝我品尝。
金陵的朋友纷纷赶来相送,欲走还留之间,各自畅饮悲欢。
请你问问东流的江水,离别时的不舍之情与它比谁短谁长?

注释:

①金陵:今江苏省南京市。
②酒肆:酒店。
③吴姬:吴地的青年女子,这里指酒店中的侍女。
④压酒:压糟取酒。古时酿就新酒,饮时需要压酒糟取用。
⑤子弟:指李白的朋友。
⑥欲行:将要走的人,指诗人自己。
⑦不行:不走的人,即送行的人,指金陵子弟。

明 盛茂烨 山水册页

闻王昌龄左迁龙标遥有此寄

李白

杨花落尽子规①啼，
闻道龙标②过五溪。
我寄愁心与③明月，
随君直到夜郎④西。

译文：

在柳絮落完，子规啼鸣之时，我听说您被贬为龙标尉，要经过五溪。

我把我忧愁的心思寄托给明月，希望它能随着风一直陪着你到夜郎以西。

注释：

①子规：即杜鹃鸟，又称布谷鸟，相传其啼声哀婉凄切，甚至啼血。
②龙标：诗中指王昌龄，古人常用官职或任官之地的州县名来称呼一个人。
③与：给。
④夜郎：唐代在今贵州桐梓和湖南怀化所设的夜郎县。这里指湖南怀化的夜郎，李白当时在夜郎东南，所以说"随风直到夜郎西"。

宋 朱光普 江亭晚眺图

送友人

李白

青山横北郭①,白水②绕东城。
此地一为别,孤蓬③万里征④。
浮云游子意,落日故人情。
挥手自兹去,萧萧⑤班马⑥鸣。

译文:

青翠的山峦横卧在城墙的北面,波光粼粼的流水围绕着城的东边。
我们在此地相互道别,要远行的朋友就像孤蓬那样一去万里。
浮云像游子一样行踪不定,夕阳徐徐下山,似乎有所留恋。
挥手作别时,友人的马儿也为惜别而萧萧长鸣。

注释:

①郭:古代在城的外围修筑的城墙。
②白水:清澈的水。
③孤蓬:这里喻指远行的朋友。蓬,古书上说的一种植物,干枯后根株断开,遇风飞旋,也称"飞蓬"。
④征:远行。
⑤萧萧:马的嘶叫声。
⑥班马:离群的马,这里指载人远离的马。

宋 佚名 青山白云图

别董大[1]

高适

千里黄云[2]白日曛[3]，
北风吹雁雪纷纷。
莫愁前路无知己，
天下谁人[4]不识君[5]？

译文：

千里黄云遮天蔽日，天气阴沉，北风送走雁群又吹来纷扬大雪。不要担心前路茫茫没有知己，天下还有谁不认识你呢？

注释：

①董大：当时有名的音乐家，在其兄弟中排名第一，故称"董大"。
②黄云：天上的乌云，在阳光下，乌云是暗黄色，所以叫黄云。
③白日曛：太阳黯淡无光。曛，即曛黄，指夕阳西沉时的昏黄景色。
④谁人：哪个人。
⑤君：你，这里指董大。

◇ 珪观（年代不详）山水图页

赠别二首（其二）

杜牧

多情却似总无情，
唯觉樽①前笑不成。
蜡烛有心②还惜别，
替人垂泪到天明。

译文：

多情的人却像无情人一样冰冷，觉得酒宴上应该笑，却笑不出声。蜡烛仿佛还有惜别的心意，替离别的人流泪到天明。

注释：

①樽：古代盛酒的器具。
②有心：双关语，既指蜡烛有芯，也是一种拟人的表达。

明 沈周 京江送别图

别离

陆龟蒙

丈夫非无泪,不洒离别间。
杖剑①对尊②酒,耻为游子颜③。
蝮蛇④一螫⑤手,壮士即解腕⑥。
所志⑦在功名,离别何足叹。

译文:

大丈夫不是没有眼泪,只是不愿让眼泪在离别时洒落。
持着宝剑走天涯,端起酒杯豪饮,以游子面带愁容为耻。
壮士一旦被蝮蛇螫伤手腕,就会不惜把自己的手腕斩断。
既然决心博取功名建功立业,离别就没有什么值得哀叹的。

注释:

①杖剑:同"仗剑",持剑。
②尊:酒器。
③游子颜:游子往往因去国怀乡而心情欠佳,面带愁容。
④蝮蛇:一种奇毒的蛇。
⑤螫:毒虫刺人。
⑥解腕:斩断手腕。
⑦志:立志,志向。

无题

李商隐

昨夜星辰昨夜风，
画楼①西畔桂堂②东。
身无彩凤双飞翼，
心有灵犀③一点通。
隔座送钩春酒暖，
分曹射覆蜡灯红。
嗟④余听鼓应官⑤去，
走马⑥兰台⑦类⑧转蓬⑨。

译文：

昨夜星光璀璨，凉风习习，酒宴设在画楼西畔、桂堂之东。

虽身无彩凤双翅不能比翼齐飞，内心却像灵犀一样，心意相通。

互相猜钩嬉戏，隔座对饮春酒暖心；分组来行酒令，在烛光里决一胜负。

可叹啊，听到五更鼓应该离开你上朝点卯；策马赶到兰台，像随风飘转的蓬蒿。

注释：

①画楼：指彩绘华丽的高楼。
②桂堂：形容华美的厅堂。
③灵犀：犀角中心的髓质像一条白线贯通上下，借喻相爱双方心灵的感应和暗通。
④嗟：叹词。
⑤听鼓应官：到官府上班。古代官府卯刻击鼓，召集僚属，午刻击鼓下班。

⑥走马：跑马。
⑦兰台：秘书省的别称。当时李商隐为秘书省校书郎。
⑧类：类似。
⑨转蓬：指身如蓬草飘转。

◇ 宋 马麟 林和靖图

宋 萧照 丹林诗意图（局部）

抒怀诗

在抒情诗中,诗人直抒胸臆,借景抒情。

如李白的《月下独酌》,
描写了诗人在花间月下独酌的情景,
表现了诗人孤独寂寞的心境和自视高洁、
蔑视权贵的情怀。

在《渔笛图》中,
层次清晰的构图体现了悠远寂静之感,
视线由上至下,景物由远及近,
远山简练的线条营造出悠远的意境,
近处山石与流水动静结合,
衬托出画中人的孤寂感。

诗与画的搭配,展现出情景交融之美。

月下独酌① 李白

花间一壶酒，独酌无相亲②。
举杯邀明月，对影成三人。
月既不解③饮，影徒④随我身。
暂伴月将⑤影，行乐须及春⑥。
我歌月徘徊⑦，我舞影零乱⑧。
醒时同交欢⑨，醉后各分散。
永结无情游⑩，相期邈云汉。

译文：

在花丛中摆上一壶美酒，我自斟自饮，身边没有一个亲友。
举杯邀请明月，明月、我与我的影子相对，便成了三人。
明月既不能理解开怀畅饮之乐，影子也只能默默地跟随在我的左右。
暂且以明月和影子为伴，趁此春宵要及时行乐。
我吟诵诗篇，月亮伴随我徘徊；我手舞足蹈，影子便随我舞动。
清醒时我与你一同分享欢乐，酒醉以后各奔东西。
但愿能永远尽情漫游，在茫茫的天河中相见。

注释：

①独酌：一个人饮酒。酌，饮酒。
②无相亲：没有亲近的人。
③不解：不懂，不理解。
④徒：徒然，白白地。
⑤将：和，共。

⑥及春：趁着春光明媚之时。
⑦月徘徊：明月随我来回移动。
⑧影零乱：因起舞而身影纷乱。
⑨同交欢：一起欢乐。
⑩无情游：月、影没有知觉，不懂感情，李白与之结交，故称"无情游"。

明 仇英 渔笛图

将进酒①

李白

君不见
黄河之水天上来②,
奔流到海不复回。
君不见
高堂③明镜悲白发,
朝如青丝④暮成雪。
人生得意⑤须尽欢,
莫使金樽空对月。
天生我材必有用,
千金散尽还复来。
烹羊宰牛且为乐,
会须⑥一饮三百杯。
岑夫子,丹丘生⑦,
将进酒,杯莫停。
与君⑧歌一曲,

请君为我倾耳听。
钟鼓⑨馔玉⑩不足贵,
但愿长醉不复醒。
古来圣贤皆寂寞,
惟有饮者留其名。
陈王昔时宴平乐⑪,
斗酒十千恣⑫欢谑⑬。
主人何为言少钱,
径须⑭沽⑮取对君酌。
五花马⑯,千金裘,
呼儿将出换美酒,
与尔⑰同销万古愁。

译文:

　　你看啊,那黄河之水犹如从天上倾泻而来,波涛翻滚,直奔大海,一去不回。

　　你看啊,头上的青丝转眼间成了雪一样的白发,对着镜子只能慨叹、悲哀。

325

人生得意之时就要尽情地享受欢乐，不要让金杯无酒空对皎洁的明月。

胸有雄才大略的人，必定能干出一番事业，千两黄金花完了也能够再次获得。

烹羊宰牛来庆祝今日的欢聚，为这相聚应当痛快地喝三百杯。

岑勋、元丹丘，干杯干杯，不要停。

我给你们唱一首歌，请你们为我倾耳细听。

山珍海味的豪华生活算不上珍贵，只希望能醉生梦死而不愿清醒。

自古以来圣贤都是孤独寂寞的，只有寄情于诗酒的人才能够流传美名。

曹植当年在平乐观设宴，喝着名贵的酒纵情地欢乐。

你为何说我的钱不多？只管把这些钱用来买酒一起喝。

名贵的五花良马、昂贵的狐裘，叫侍儿拿去统统换美酒，让我们一起来消除这无尽的长愁。

注释：

①将（qiāng）进酒：请饮酒。乐府古题。将，请。
②天上来：黄河发源于青海省巴颜喀拉山脉，因那里地势极高，故说"天上来"。
③高堂：房屋的正室厅堂。
④青丝：喻指柔软的黑发。
⑤得意：适意高兴。
⑥会须：会当，应该。
⑦岑夫子，丹丘生：指岑勋和元丹丘，二人均为李白的好友。
⑧君：指岑、元二人。
⑨钟鼓：富贵人家在宴会中奏乐使用的乐器。
⑩馔玉：如玉一样精美的食物。
⑪平乐：在洛阳西门外，为汉代富豪显贵的娱乐场所。
⑫恣：纵情，无拘束。
⑬谑：戏。
⑭径须：直须，应当。
⑮沽：通"酤"，买。

⑯五花马：指名贵的马，一说毛色作五花，一说颈上长毛被修剪成五个花瓣。
⑰尔：你。

◇ 宋末元初 钱选 扶醉图

327

下终南山过斛斯山人宿置酒①②③

李白

暮从碧山下，山月随人归。
却顾④所来径⑤，苍苍横翠微⑥。
相携⑦及⑧田家，童稚开荆扉⑨。
绿竹入幽径，青萝⑩拂行衣⑪。
欢言得所憩，美酒聊共挥⑫。
长歌吟松风⑬，曲尽河星稀⑭。
我醉君复乐，陶然⑮共忘机⑯。

译文：

傍晚从终南山上走下来，山月跟随着我归来。
回头望下山的小路，山林苍苍茫茫，一片青翠。
偶遇斛斯山人，于是与他携手同去他家，孩童出来打开柴门。
走进竹林中的幽深小径，悬垂的藤蔓拂着行人的衣裳。
欢言笑谈得到放松休息，共同举杯畅饮美酒。
放声高歌《风入松》，一曲唱罢，银河中的星光已经稀微。
我喝醉酒主人非常高兴，欢欣愉悦忘了世俗的心机。

注释：

①终南山：秦岭的主峰之一，在今西安市南，唐时士子多隐居于此山。
②过：拜访。
③斛（hú）斯山人：一位复姓为斛斯的隐士。
④却顾：回头望。
⑤所来径：这里指下山的小路。
⑥翠微：山坡上草木青翠。
⑦相携：下山时路遇斛斯山人，与其携手同去其家。

⑧及：到。
⑨荆扉：用荆条编扎的门。
⑩青萝：攀缠在树枝上下垂的藤蔓。
⑪行衣：行人的衣服。
⑫挥：举杯。
⑬松风：古乐府琴曲名，即《风入松》，此处也有歌声随风而入松林的意思。
⑭河星稀：银河中的星光稀微。
⑮陶然：欢乐的样子。
⑯忘机：忘记世俗的心机，不谋虚名蝇利。

明 仇英 梧竹书堂图

天末怀李白①

杜甫

凉风起天末,君子②意如何?
鸿雁几时到?江湖③秋水多。
文章④憎命达,魑魅⑤喜人过⑥。
应共冤魂⑦语,投诗赠汨罗⑧。

译文:

从天边吹来阵阵凉风,你现在的心境怎么样呢?

不知道我的书信你何时才能收到,只怕江湖险恶多风浪。

创作诗文最忌讳命途坦荡,奸佞小人最希望好人犯错误。

你与沉冤的屈原同命运,应投诗于汨罗江诉说冤屈与不平。

注释:

①天末:天的尽头。秦州地处边塞,如在天之尽头。当时李白因永王李璘案被流放夜郎,途中遇赦回到湖南。
②君子:指李白。
③江湖:喻指充满风波的路途。这是为李白的行程担忧之语。
④文章:这里泛指文学。
⑤魑魅:鬼怪,这里指坏人或邪恶势力。 ⑥过:过错,过失。
⑦冤魂:指屈原。屈原被放逐,投汨罗江而死。杜甫深知李白蒙冤放逐,正和屈原一样。
⑧汨罗:汨罗江,在湖南省东北部。

元 倪瓒 秋亭嘉树图

问刘十九[①]

白居易

绿蚁[②]新醅[③]酒，
红泥小火炉。
晚来天欲雪[④]，
能饮一杯无[⑤]？

译文：

我家新酿的米酒还未过滤，酒面上泛起一层绿泡。用红泥烧制成的烫酒用的小火炉也准备好了。

天色阴沉，看样子晚上要下雪，你能否留下与我共饮一杯？

注释：

①刘十九：是刘禹锡的堂兄刘禹铜，是洛阳的富商，常与白居易有应酬。

②绿蚁：指浮在新酿的没有过滤的米酒上的绿色泡沫。

③醅：没过滤的酒。

④雪：下雪，这里作动词用。

⑤无：表示疑问的语气词，相当于"吗"。

◇ 宋 燕文贵 江村图

茅屋为秋风所破歌

杜甫

八月秋高①风怒号②,
卷我屋上三重茅③。
茅飞渡江洒江郊,
高者挂罥④长林梢,
下者飘转沉塘坳⑤。
南村群童欺我老无力,
忍能对面为盗贼。
公然抱茅入竹去,
唇焦口燥呼不得⑥。
归来倚杖自叹息。
俄顷⑦风定云墨色,
秋天漠漠向昏黑。
布衾⑧多年冷似铁,
娇儿恶卧⑨踏里裂⑩。
床头屋漏无干处,

雨脚如麻⑪未断绝。
自经丧乱⑫少睡眠，
长夜沾湿何由彻⑬！
安得⑭广厦⑮千万间，
大庇⑯天下寒士⑰俱⑱欢颜⑲，
风雨不动安如山？
呜呼⑳！
何时眼前突兀㉑见此屋，
吾庐㉒独破受冻死亦足㉓。

译文：

　　八月秋深，狂风大声吼叫，狂风卷走了我屋顶上好几层茅草。茅草飞过浣花溪，散落在对岸江边。飞得高的茅草缠绕在高高的树梢上，飞得低的飘飘洒洒地落到池塘和洼地里。

　　南村的一群儿童欺负我年老没力气，竟忍心当面做"贼"抢东西，明目张胆地抱着茅草跑进竹林里去了。我费尽口舌也喝止不住，回到家后拄着拐杖独自叹息。

　　不久后风停了，天空上的云像墨一样黑，秋季的天空阴沉迷蒙，渐渐黑了下来。布质的被子盖了多年，又冷又硬，像铁板似的，孩子睡觉姿势不好，把被子蹬破了。如遇下雨，整个屋子没有一处干燥的地方，雨点像下垂的麻线一样不停地往下漏。自从安史之乱后，我的睡眠时间很少，长夜漫漫，屋子潮湿，如何才能挨到天亮？

如何能得到千万间宽敞的大屋，普遍地庇护天底下贫寒的读书人，让他们喜笑颜开，房屋遇到风雨也安稳得像山一样。唉！什么时候眼前出现这样高耸的房屋？到那时，即使我的茅屋被秋风吹破，自己受冻而死也心甘情愿！

注释：

①秋高：秋深。
②怒号：大声吼叫。
③三重茅：几层茅草。三，泛指多。
④挂罥：挂着，挂住。
⑤塘坳：低洼积水的地方，即池塘。
⑥呼不得：喝止不住。
⑦俄顷：不久，一会儿，顷刻之间。
⑧布衾：布质的被子。衾，被子。
⑨恶卧：睡相不好。
⑩裂：使动用法，使……裂。
⑪雨脚如麻：形容雨点不间断，像下垂的麻线一样密集。雨脚，雨点。
⑫丧乱：战乱，指安史之乱。
⑬何由彻：如何才能挨到天亮。
⑭安得：如何能得到。
⑮广厦：宽敞的大屋。
⑯庇：遮盖，掩护。
⑰寒士：泛指贫寒的士人们。
⑱俱：都。
⑲欢颜：喜笑颜开。
⑳呜呼：书面感叹词，表示叹息，相当于"唉"。
㉑突兀：高耸的样子，这里用来形容广厦。
㉒庐：茅屋。
㉓足：值得。

元 盛懋 野桥策蹇图

闻官军收河南河北

杜甫

剑外③忽传收蓟北④,
初闻⑤涕泪满衣裳。
却看⑥妻子⑦愁何在,
漫卷诗书喜欲狂。
白日放歌须纵酒⑧,
青春⑨作伴好还乡。
即从巴峡穿巫峡⑩,
便下襄阳⑪向洛阳。

译文:

剑外忽然传来收复蓟北的消息,刚刚听到时涕泪沾满衣裳。

回头看妻子和孩子,哪还有一点儿忧伤,胡乱地卷起诗书欣喜若狂。

白天里放声高歌,痛饮美酒,趁着明媚春光与妻儿一同返回家乡。

心想着,仿佛觉得已从巴峡穿过巫峡,经过了襄阳后又直奔洛阳。

注释:

①闻:听说。
②官军:指唐朝军队。
③剑外:剑门关以南,这里指四川。
④蓟北:泛指唐代幽州、蓟州一带,是安史叛军的根据地。
⑤涕:眼泪。
⑥却看:回头看。

⑦妻子：妻子和孩子。
⑧纵酒：开怀痛饮。
⑨青春：指明丽的春天的景色。
⑩巫峡：长江三峡之一，因穿过巫山而得名。
⑪襄阳：地名，今属湖北。

清 查士标 山水图

秋夕①

杜牧

银烛②秋光冷画屏③，
轻罗小扇④扑流萤⑤。
天阶⑥夜色凉如水，
卧看牵牛织女星⑦。

译文：

　　银烛的光映着冷清的画屏，手执绫罗小扇扑打萤火虫。夜色里的石阶清凉如水，静卧凝视天河两旁的牛郎星和织女星。

注释：

①秋夕：秋天的夜晚。
②银烛：银色而精美的蜡烛。
③画屏：画有图案的屏风。
④轻罗小扇：轻巧的丝质团扇。
⑤流萤：飞动的萤火虫。
⑥天阶：露天的石阶。
⑦牵牛织女星：两个星座的名字，指牵牛星（俗称牛郎星）、织女星。也指古代神话中的人物牛郎和织女。

◇ 明 文嘉 石湖秋色图

嫦娥[1]

李商隐

云母屏风[2]烛影深，
长河渐落晓星沉。
嫦娥应悔偷灵药，
碧海青天夜夜心。

译文：

云母屏风上烛影暗淡，银河渐渐斜落，晨星也已低沉。

嫦娥应该后悔偷取了长生不老之药，如今空对碧海青天夜夜孤寂。

注释：

① 嫦娥：古代神话中的月中仙女。
② 云母屏风：嵌着云母石的屏风。

◇ 明 唐寅 山水人物图（局部）

锦瑟①

李商隐

锦瑟无端②五十弦，
一弦一柱思华年。
庄生晓梦迷蝴蝶③，
望帝④春心托杜鹃。
沧海月明珠有泪⑤，
蓝田⑥日暖玉生烟。
此情可待成追忆，
只是当时已惘然。

译文：

精美的瑟无缘由地有五十根弦，一弦一柱都叫我追忆青春年华。

庄周在睡梦中化为蝴蝶，望帝把自己的幽恨托身于杜鹃。

沧海明月高照，鲛人的眼泪变成珍珠；蓝田红日和暖，可看到良玉生烟。

此时此景为什么要现在才追忆，只是当时的我茫然不知珍惜。

注释：

①锦瑟：装饰华美的瑟。瑟，拨弦乐器，通常二十五弦。
②无端：没有缘由，有埋怨的意思。
③庄生晓梦迷蝴蝶：庄子在梦中幻化为蝴蝶，忘记了自己是人还是蝴蝶。李商隐借庄周梦蝶的故事，感慨人生如梦，往事如烟。
④望帝：是传说中周朝末年蜀地的君主，名叫杜宇，后来禅位退隐，不幸国亡

身死，死后化为鸟，名为"杜鹃"。

⑤珠有泪：传说南海中有鲛人，其哭出的眼泪能变成珍珠。

⑥蓝田：山名，产玉，在今陕西蓝田县。

明 仇英 停琴听阮图（局部）

岁暮归南山

孟浩然

北阙休上书，南山归敝庐。
不才明主弃，多病故人疏。
白发催年老，青阳逼岁除。
永怀愁不寐，松月夜窗虚。

译文：

不再在朝廷宫门前陈述己见，返归南山我那破旧的茅屋。
没有才能才使君主弃我不用，又因多病，朋友也渐渐疏远。
白发渐渐增多，人也渐老，年终已至，新春已经快要到来了。
心怀愁绪，使人夜不能寐，寂静的夜里，月光下的松树影子照在窗前。

注释：

①岁暮：年终。
②南山：唐人诗歌中常以南山代指隐居题。这里指作者家乡的岘山。
③北阙：皇宫北面的门楼，汉代尚书奏事和群臣谒见都在北阙，后用作朝廷的别称。
④敝庐：称自己破落的家园。
⑤不才：不成材，没有才能，为作者自谦之词。
⑥明主：圣明的国君。
⑦青阳：指春天。
⑧逼：催迫。
⑨永怀：悠悠的思怀。

明 唐寅 山水人物图

清平调词三首（其一）

李白

云想衣裳花想容，
春风拂槛露华浓。
若非群玉山头见，
会向瑶台月下逢。

译文：

见到云就联想到她华艳的衣裳，见到花就联想到她艳丽的容貌；春风吹拂栏杆，沾着露珠的花朵更加艳丽。

如此天姿国色，如果不是群玉山头所见的飘飘仙子，就一定是瑶台月下的仙女。

注释：

①清平调：唐大曲名，后用为词牌。
②槛：栏杆。
③露华浓：牡丹花沾着晶莹的露珠，更显得颜色艳丽。
④群玉：山名，神话传说中西王母所住之地，因山中多玉石而得名。
⑤会：应。
⑥瑶台：传说中西王母所居的宫殿。

明末清初 弘仁 山水图

行路难[①]

李白

金樽[②]清酒斗十千,
玉盘珍羞[③]直[④]万钱。
停杯投箸[⑤]不能食,
拔剑四顾心茫然。
欲渡黄河冰塞川,
将登太行[⑥]雪满山。
闲来垂钓碧溪上,
忽复[⑦]乘舟梦日边。
行路难,行路难,
多歧路,今安在[⑧]?
长风破浪[⑨]会[⑩]有时,
直挂云帆[⑪]济沧海。

译文:

金杯中的美酒一斗值十千,玉盘里的菜肴珍贵得值万钱。

心中郁闷,放下杯筷不愿进餐,拔出宝剑环顾四周,心里一片茫然。

想渡黄河,冰雪却冻封了河川;想登太行山,茫茫风雪早已封山。

我像姜尚垂钓,等待东山再起;又像伊尹做梦,乘船经过日边。

人生的道路多么艰难，歧路纷杂，如今又身在何处？

相信乘风破浪的时机总会到来，到时定要扬起征帆，横渡沧海。

注释：

①行路难：乐府古题。

②金樽：古代盛酒的器具，以金为饰。

③珍羞：珍贵的菜肴。羞，同"馐"，美味的食物。

④直：通"值"，价值。

⑤投箸：放下筷子。

⑥太行：太行山。

⑦忽复：忽然又。

⑧多歧路，今安在：岔道这么多，如今身在何处？

⑨长风破浪：比喻实现远大理想。

⑩会：终将。

⑪云帆：高高的船帆。船在海里航行，因天水相连，船帆好像出没在云雾之中。

清 王翚 山窗封雪图

秋浦歌

李白

白发三千丈,
缘愁似个^①长。
不知明镜里,
何处得秋霜^②?

译文:

满头白发有三千丈那么长,只因为我的忧愁有那么长。
不知在明镜之中,是何处的秋霜落在了我的头上。

注释:

①个:如此,这般。
②秋霜:形容头发白如秋霜。

元 吴镇 中山图(局部)

赠孟浩然

李白

吾爱孟夫子[①],风流[②]天下闻。
红颜弃轩冕,白首[③]卧松云。
醉月频中圣,迷花[④]不事君[⑤]。
高山[⑥]安可仰,徒此揖清芬。

译文:

我敬重孟先生的庄重潇洒,他为人高尚,风流倜傥,闻名天下。
少年时鄙视功名不受官冕车马,年老时仍在山间云中逍遥自在。
明月夜常常把酒临风,饮清酒而醉,不事君王,沉醉于自然美景之中。
高山似的品格怎么能仰望着他?只有在此向他清高的人品致敬了。

注释:

①孟夫子:指孟浩然。
②风流:古人以风流赞美文人,主要是指其有文采,善词章,风度潇洒,不钻营苟且等。
③白首:白头,指老年。
④迷花:迷恋花草,此指陶醉于自然美景之中。
⑤事君:侍奉皇帝。
⑥高山:是说孟浩然品格高尚,令人敬仰。

明 唐寅 震泽烟树图(局部)

上李邕① 李白

大鹏一日同风起，
扶摇③直上九万里。
假令④风歇时下来，
犹能簸却⑤沧溟⑥水。
世人见我恒⑦殊调⑧，
闻余⑨大言⑩皆冷笑。
宣父⑪犹能畏后生，
丈夫⑫未可轻年少。

译文：

大鹏总有一天会乘风飞起，凭借风力直上九霄云外。
即使风停下来，大鹏那强有力的翅膀仍能激起大海的波浪。
世人见我的言行常常与众不同，听了我的豪言壮语都冷笑不已。
孔子还说后生可畏，大丈夫可不能轻视少年人啊。

注释：

①上：呈上。
②李邕：字泰和，广陵江都（今江苏省扬州市江都区）人，唐代书法家。
③摇：由下而上的大旋风。　④假令：假使，即使。
⑤簸却：激起。　⑥沧溟：大海。　⑦恒：常常。
⑧殊调：不同流俗的言行。
⑨余：我。　⑩大言：言谈自命不凡。
⑪宣父：即孔子，唐太宗曾诏尊孔子为宣父。　⑫丈夫：古代男子的通称，此指李邕。

明 唐寅 幽人燕坐图（局部）

山中与幽人对酌①②

李白

两人对酌山花开,
一杯一杯复一杯。
我醉欲眠卿且去,
明朝有意抱琴来。

译文:

我们两人在盛开的山花丛中对饮,一杯又一杯,真是乐开怀。

我已喝得昏昏欲睡,您可自行离开,若酒兴未尽,那就明天早晨抱着琴来吧。

注释:

① 幽人:幽隐之人,隐士。此指隐逸的高人。
② 对酌:相对饮酒。

元 朱德润 松涧横琴图(局部)

客中作[1]

李白

兰陵美酒郁金香[2],
玉碗[3]盛来琥珀[4]光。
但使[5]主人能醉客[6],
不知何处是他乡[7]。

译文:

兰陵美酒散发着郁金的香气,盛满玉碗,色泽如琥珀般清莹透彻。

只要主人同我一醉方休,哪里还管这里是家乡还是异乡。

注释:

①客中:指旅居他乡。
②郁金香:散发郁金的香气。郁金,一种香草,用以浸酒,浸酒后呈金黄色。
③玉碗:玉制的食具,亦泛指精美的碗。
④琥珀:一种树脂化石,呈黄色或赤褐色,色泽晶莹。这里形容美酒色泽如琥珀。
⑤但使:只要。
⑥醉客:让客人喝醉酒。醉,使动用法。
⑦他乡:异乡,家乡以外的地方。

宋 范宽 溪山行旅图

登科后

孟郊

昔日龌龊^①不足夸,
今朝放荡^②思无涯。
春风得意马蹄疾,
一日看尽长安花。

译文:

以往不如意的处境再也不值一提,今日及第令人神采飞扬。迎着春风得意地纵马奔驰,好像一天就可以看完长安的繁花。

注释:

①龌龊:指处境不如意。
②放荡:自由自在,无所拘束。

明 仇英 桃花源图(局部)

题都城南庄[①]

崔护

去年今日此门中，
人面[②]桃花相映红。
人面[③]不知何处去，
桃花依旧笑[④]春风。

译文：

  去年春天，在这户人家里，我看见那美丽的脸庞和桃花互相衬托，显得分外红润。

  今日再来此地，姑娘不知去向何处，只有桃花依旧盛开在春风中。

注释：

①都：国都，指唐朝京城长安。
②人面：指姑娘的脸。　③人面：指代姑娘。
④笑：形容桃花盛开的样子。

题诗后

贾岛

两句三年得[①],
一吟[②]双泪流。
知音[③]如不赏[④],
归卧故山秋。

译文:

这两句诗我构思三年才得来,一读起来就不由得流下两行热泪。

懂我的朋友如果不欣赏这两句诗,我只好回到故乡,在秋风中安静地睡下。

注释:

①得:此处指想出来。 ②吟:读,诵。
③知音:指了解自己思想情感的好朋友。 ④赏:欣赏。

明 沈周 秋景山水图

闻乐天授江州司马

元稹

残灯无焰影幢幢①,
此夕闻君谪九江②。
垂死病中惊坐起,
暗风吹雨入寒窗。

译文:

灯火将熄,昏暗的影子在摇曳,今夜忽然听说你被贬谪到九江。

大病中的我吃惊得从床上坐起,暗夜的风雨吹进窗户,感觉分外寒冷。

注释:

①幢幢:灯影昏暗摇曳的样子。
②九江:即江州。

明 沈周 扇面

秋词二首（其一）

刘禹锡

自古逢秋悲寂寥[①]，
我言秋日胜春朝[②]。
晴空一鹤排云[③]上，
便引诗情[④]到碧霄[⑤]。

译文：

  自古以来，文人墨客每到秋天都会悲叹冷清萧条，我却说秋天远远胜过春天。

  秋日晴空万里，一只仙鹤高飞，冲破云层，便引发我的诗情飞上蓝天。

注释：

①悲寂寥：悲叹萧条空寂。
②春朝：春天。
③排云：推开白云。排，推开，有"冲破"的意思。
④诗情：作诗的情绪、兴致。
⑤碧霄：青天。

明 唐寅 桐荫清梦图

南园十三首（其五）

李贺

男儿何不带吴钩[①]，
收取关山五十州？
请君暂上凌烟阁[②]，
若个书生万户侯？

译文：

男子汉大丈夫为什么不带着武器，去收复黄河南北被割据的关塞河山五十州呢？

请你暂且登上那凌烟阁看一看，又有哪一个书生曾被封为万户侯？

注释：

①吴钩：吴地出产的弯刀，此处指宝刀。
②凌烟阁：唐太宗为表彰功臣而建的殿阁，上有秦琼等二十四人的像。

◇ 明 沈周 四松图

自遣

罗隐

得①即高歌失②即休,
多愁多恨亦悠悠③。
今朝有酒今朝醉,
明日愁来明日愁。

译文:

　　有机会唱歌就放声高歌,没有便作罢,即使愁和恨再多,也要抛开,让自己乐悠悠。

　　今天有酒就痛快地醉饮,明日的忧虑就等明天再烦恼。

注释:

①得:指得到高歌的机会。　②失:指失去高歌的机会。
③悠悠:悠闲自在的样子。

◇ 明 文徵明 兰亭修禊图

离思五首（其四）

元稹

曾经①沧海难为②水，
除却③巫山不是云。
取次④花丛懒回顾，
半缘修道半缘君。

译文：

经历过波澜壮阔的大海，别处的水再也不值得一观。除了巫山，别处的云便不能称其为云。

即使身处万花丛中，我也懒得回头顾盼，这缘由，一半是因为修道之人清心寡欲，一半是因为让我心仪的你。

注释：

①曾经：曾经到临。经，经历，经过。
②难为：这里是"不值得一观"的意思。
③除却：除了。
④取次：草草，仓促，随意。

明 佚名 捕鱼图

晚晴

李商隐

深居俯夹城①,春去夏犹清。
天意怜幽草②,人间重晚晴。
并③添高阁④迥⑤,微注⑥小窗明。
越鸟⑦巢干后,归飞体更轻。

译文:

  一个人深居简出,过着清幽的日子,俯瞰夹城,春天已去,正值清朗气爽的初夏。

  老天爷怜惜那幽僻处的小草,人世间也珍惜着傍晚时的晴天。

  在楼阁之上凭高览眺,能望得更远。夕阳的余晖透过小窗,闪现一线光明。

  南方鸟儿的窝巢已被晒干,它们傍晚归巢时飞翔的体态格外轻盈。

注释:

①夹城:城门外的曲城。
②幽草:幽暗地方的小草。
③并:更。
④高阁:指诗人居处的楼阁。
⑤迥:高远。
⑥微注:因是晚景斜晖,光线显得微弱和柔和,故说"微注"。
⑦越鸟:南方的鸟。

明 文徵明 溪桥策杖图

听蜀僧濬弹琴[1]

李白

蜀僧抱绿绮[2],西下峨眉[3]峰。
为我一挥手[4],如听万壑松[5]。
客心洗流水,余响[6]入霜钟[7]。
不觉碧山暮,秋云[8]暗几重[9]。

译文:

蜀僧濬怀抱着绿绮琴,他来自西面的峨眉山。

他为我弹奏名曲《风入松》,我仿佛听到万壑松涛声。

我的心灵像被流水洗涤过,余音缭绕,融入秋天的钟声中。

不知不觉,暮色已笼罩青山,秋云黯淡,布满黄昏的天空。

注释:

①蜀僧濬:即蜀地一位名叫濬的僧人。
②绿绮:琴名。以绿绮形容蜀僧濬的琴很名贵。
③峨眉:山名,在今四川省峨眉山市西南,有两山峰相对,望之如蛾眉,故名"峨眉"。
④挥手:这里指弹琴。
⑤万壑松:形容琴声如无数山谷中的松涛声。
⑥余响:指琴声的余音。
⑦入霜钟:琴音与钟声混合。霜钟,指钟声。
⑧秋云:秋天的云彩。 ⑨暗几重:更加昏暗了。

明 文徵明 携琴访友图

鸣筝

李端

鸣筝金粟①柱②,
素手③玉房④前。
欲得周郎⑤顾,
时时误拂弦。

译文:

金粟轴的古筝发出优美的声音,那拨筝的女子坐在玉房前。
为了博取周郎的青睐,她不时地故意拨错琴弦。

注释:

①金粟:古时称桂为金粟,这里是指弦轴细而精美。
②柱:定弦调音的短轴。 ③素手:指弹筝女子纤细洁白的手。
④玉房:指玉制的筝枕。房,筝上架弦的枕。
⑤周郎:指三国时吴将周瑜。他二十四岁为大将,时人称其为"周郎"。他精通音乐,听到人奏错曲时,即使喝得半醉,也会转过头看一下奏者。当时人称:"曲有误,周郎顾。"

明 沈周 蕉阴琴思图

紫薇花①

白居易

丝纶阁②下文书静，
钟鼓楼中刻漏③长。
独坐黄昏谁是伴，
紫薇花对紫薇郎④。

译文：

　　我在丝纶阁值班，没什么文章可写，周围一片寂静，只听到钟鼓楼上刻漏的滴水声，时间过得太慢了。

　　在这黄昏时分，我一个人孤独地坐着，谁来和我做伴呢？唯独紫薇花和我这个紫薇郎寂然相对。

注释：

①紫薇花：落叶小乔木，夏季开紫色、淡红色或白色的花，秋天花谢。
②丝纶阁：指替皇帝撰拟诏书的阁楼。
③刻漏：古时用来滴水计时的器物。
④紫薇郎：唐代官名，指中书侍郎，负责为皇帝起草诏令。

清 王宸 山水图

题鹤林寺僧舍

李涉

终日昏昏醉梦间，
忽闻春尽强①登山。
因②过③竹院④逢僧话，
偷得浮生半日闲。

译文：

我整天处于昏昏沉沉的醉梦中，忽然发现春天即将过去，便强打精神去登山赏景。

在游览山上寺院的时候，我偶遇一位高僧，和他攀谈许久，难得在这纷扰的世事中暂且得到片刻的清闲。

注释：

①强：勉强。
②因：由于。
③过：游览，拜访。
④竹院：即寺院。

明 唐寅 山水人物图（局部）

明 陈洪绶 梅石图

讽喻诗

诗人观察事态，思考人生，
通过一首首诗来表达对社会、对政治、对人民的强烈正义感。

他们批判社会现实，揭露官吏的腐败，谴责权臣的罪恶，
甚至将矛头直指皇帝。
例如《焚书坑》一诗嘲讽了秦始皇对文化的禁锢。

诗人慨叹焚书坑儒的荒谬，
画家则刻画出读书人潜心治学的态度。

《山馆读书图》中，松林里的书房幽静雅致，
一人正在桌前认真地读书，
伴着松涛，伴着花香，读书是多么惬意。

听弹琴

刘长卿

泠泠①七弦上,
静听松风②寒。
古调③虽自爱,
今人多不弹。

译文:

　　七弦琴弹奏的声音清越,曲调悠扬起伏,好似风入松林。
　　我虽然很喜爱这首古时的曲调,但今天人们大多已不弹奏了。

注释:

　　①泠泠:形容清凉、清淡,也形容声音清越。
　　②松风:以风入松林暗示琴声凄凉。琴曲中有《风入松》的调名。
　　③古调:古时的曲调。

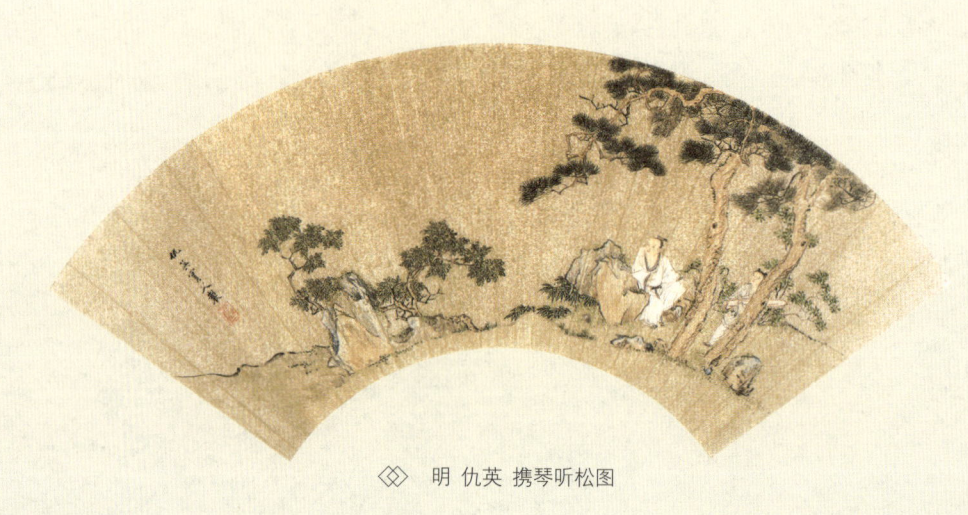

◇ 明 仇英 携琴听松图

寒食

韩翃

春城^①无处不飞花，
寒食^②东风御柳斜。
日暮汉宫^③传蜡烛^④，
轻烟散入五侯^⑤家。

译文：

暮春长安城处处柳絮飞舞，寒食节东风吹拂着皇城中的柳树。

傍晚汉宫传送蜡烛赏赐王侯近臣，袅袅的轻烟飘散到宠臣的家中。

注释：

①春城：暮春时的长安城。 ②寒食：清明节前一两天的节日，古代禁火，只吃冷食，所以称寒食。 ③汉宫：这里指唐朝皇宫。

④传蜡烛：古代，虽然寒食节禁火，但权贵宠臣可得到皇帝恩赐的蜡烛，从而能够点火。

⑤五侯：汉成帝时封王皇后的五个兄弟为侯，他们受到特别的恩宠。这里泛指天子近幸之臣。

明 文徵明 山水图

观祈雨[①]

李约

桑条无叶土生烟，
箫管[②]迎龙水庙[③]前。
朱门[④]几处[⑤]看歌舞，
犹恐春阴[⑥]咽[⑦]管弦。

译文：

久旱无雨，桑叶枯落，只剩光秃秃的枝条，干燥的地面尘土飞扬，土地好像要生烟燃烧；龙王庙前，人们敲锣打鼓，祈求龙王普降甘霖。

而富贵人家却处处观赏歌舞，还怕春天的阴雨使管弦乐器受潮而发不出清脆悦耳的声音。

注释：

①祈雨：祈求龙王降雨。古时干旱时节，从朝廷、官府到民间，都筑台或到龙王庙祈求龙王降雨。

②箫管：乐器名，此处指吹奏各种乐器。　③水庙：龙王庙。

④朱门：富豪权贵之家。古代王侯贵族的住宅大门被漆成红色，后用"朱门"代称富贵之家。

⑤几处：多少处，犹言处处。

⑥春阴：阴雨的春天。　⑦咽：凝塞，使乐器发不出声响。

明 李流芳 雨中山色图（局部）

悯农二首① (其一)

李绅

春种一粒粟②，
秋收③万颗子④。
四海⑤无闲田⑥，
农夫犹⑦饿死。

译文：

春天只要播下一粒种子，秋天就可收获很多粮食。

普天之下，没有荒废不种的田地，却仍有劳苦农民被饿死。

注释：

①悯：怜悯。这里有同情的意思。
②粟：泛指谷类。
③秋收：一作"秋成"。
④子：指粮食颗粒。
⑤四海：指全国。
⑥闲田：没有耕种的田。
⑦犹：仍然。

宋 佚名 田垄牧牛图

悯农二首（其二）

李绅

锄禾①日当午，
汗滴禾下土。
谁知盘中餐②，
粒粒皆辛苦。

译文：

　　农民在正午的烈日下劳作，汗水滴在禾苗生长的土地上。

　　又有谁知道盘中的饭食，每粒都是农民用辛勤的劳动换来的呢。

注释：

①禾：谷类植物的统称。
②餐：熟食的通称。

明 戴进 春耕图

过华清宫绝句

杜牧

长安回望绣成堆①,
山顶千门②次第③开。
一骑红尘④妃子⑤笑,
无人知是荔枝来。

译文：

在长安回头远望骊山，宛如一堆堆锦绣，山顶上华清宫千重门依次打开。

宫外，一名专使骑着驿马风驰电掣般疾奔而来，身后扬起一团团尘土；宫内，妃子嫣然而笑，无人知道是南方送来了新鲜荔枝。

注释：

①绣成堆：骊山右侧有东绣岭，左侧有西绣岭。唐玄宗在岭上广种林木花卉，郁郁葱葱。　②千门：形容山顶宫殿壮丽，门户众多。　③次第：依次。　④红尘：这里指飞扬的尘土。　⑤妃子：指杨贵妃。

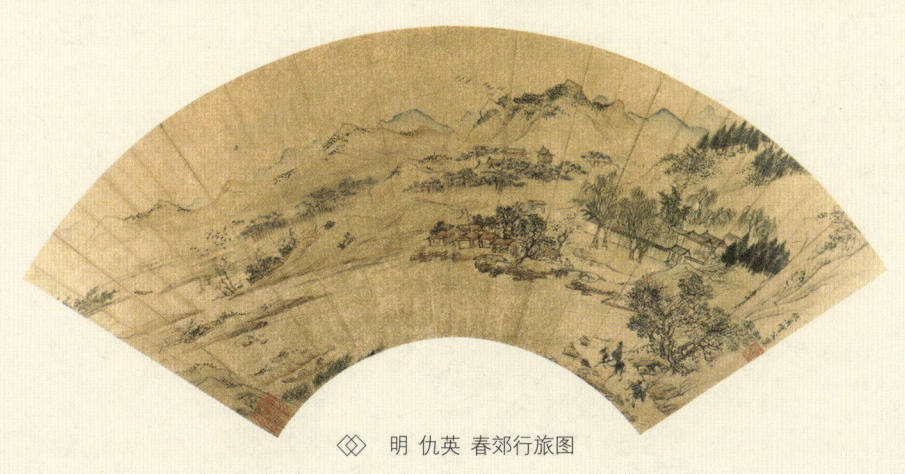

明 仇英 春郊行旅图

己亥岁[①]

曹松

泽国[②]江山入战图,
生民何计乐樵苏。
凭君莫话封侯事,
一将功成万骨枯。

◇ 明末清初 项圣谟 闽中山水图卷(局部)

译文:

　　大片的江南地带已被绘入战图,百姓能打柴割草平安度日就是快乐的。

　　请你不要再提封侯的事情了,一位将军功成名就需要牺牲多少士卒的生命啊。

注释:

①己亥:为公元879年(乾符六年)的干支。
②泽国:泛指江南各地,因江南湖泽星罗棋布而得名。

贾生[①]

李商隐

宣室[②]求贤访逐臣[③],
贾生才调[④]更无伦。
可怜[⑤]夜半虚[⑥]前席[⑦],
不问苍生[⑧]问鬼神。

译文:

汉文帝为了求贤,在未央宫前殿召见被贬的臣子,贾谊才气纵横,无与伦比。

可惜汉文帝半夜移膝靠近贾谊听讲,不问百姓的生计之事,却问鬼神之事。

注释:

①贾生:指贾谊,西汉著名的政论家、文学家,提出了许多重要政治主张,但却遭谗被贬,一生抑郁不得志。
②宣室:汉代长安城中未央宫前殿的正室。
③逐臣:被放逐之臣,指曾被贬谪的贾谊。
④才调:才华气质。
⑤可怜:可惜,可叹。
⑥虚:徒然,空自。
⑦前席:在坐席上移膝靠近对方。
⑧苍生:百姓。

明 董其昌 林和靖诗意图

西施

罗隐

家国^①兴亡自有时，
吴人何苦^②怨西施？
西施若解^③倾吴国，
越国亡^④来又是谁？

译文：

　　国家兴亡衰败自有其时运，吴人又何苦埋怨是西施使他们国家灭亡的呢？

　　如果西施知道怎样颠覆吴国，那么后来让越国灭亡的又是谁呢？

注释：

①家国：家与国，亦指国家。
②何苦：用反问语气表示不值得。
③解：懂，明白，理解。
④亡：灭亡。

元 柯九思 竹石图

下第后上永崇高侍郎

高蟾

天上①碧桃②和③露种，
日④边红杏倚⑤云栽。
芙蓉⑥生在秋江上，
不向东风怨未开。

译文：

　　天上的碧桃带着甘露种植，日边的红杏倚着彩云栽培。
　　芙蓉生长在这秋天的江畔，从不抱怨东风不让它及时开放。

注释：

①天上：指皇帝、朝廷。
②碧桃：传说中仙界的一种桃。
③和：带着，沾染着。
④日：太阳。
⑤倚：傍着。
⑥芙蓉：荷花。

清 恽寿平 荷花图

焚书坑[1]

章碣

竹帛[2]烟销[3]帝业[4]虚[5],
关河[6]空锁[7]祖龙居[8]。
坑灰未冷山东[9]乱,
刘项[10]原来不读书[11]。

译文:

竹帛燃烧的烟雾刚刚散尽,秦始皇的帝业也荡然无存,函谷关和黄河天险,白白地扼守着秦始皇的故居。

焚书坑里的灰烬还没冷却,山东群雄已揭竿而起,灭掉秦国的刘邦和项羽,原来并不读书。

注释:

[1]焚书坑:秦始皇焚烧诗书之地,故址在今陕西省西安市临潼区东南的骊山上。
[2]竹帛:代指书籍。
[3]烟销:指把书籍烧光。
[4]帝业:皇帝的事业。这里指秦始皇统一天下,巩固统治地位的事业。
[5]虚:空虚。
[6]关河:代指险固的地理形势。关,函谷关。河,黄河。
[7]空锁:白白地扼守着。
[8]祖龙居:秦始皇的故居,指咸阳。祖龙,代指秦始皇。
[9]山东:崤函之东。一说指太行山之东,即秦始皇所灭的六国旧有之地。
[10]刘项:刘邦和项羽,秦末两支主要农民起义军的领袖。
[11]不读书:刘邦年轻时是市井无赖,项羽年轻时习武,两人都没读多少书。

宋 刘松年 山馆读书图（局部）

山禽矜逸態
梅粉弄輕柔
已有丹青約
千秋指白頭

宣和殿御製并書

宋 趙佶 臘梅山禽圖

哲 理 诗

诗人通过观察自然景物，
思考事物的变化规律，
用高度精炼的语句写出了许多宝贵的哲理，
这些诗展示了诗人敏锐的观察力，
传达了诗人积极豁达的人生态度，
提醒少年人要珍惜时间，珍爱生命，
给予人们丰富的启迪。

《林泉高逸图》构图精巧，
由远及近地展示了山水的气势，
大面积的留白给人们以充足的想象空间，
白色可以看作漂浮的白云，
也可以看作宁静的水面，
在这方寸之间画出了遥望千里美景的视角，
让人打开了想象的门，
去猜测千里外的风景。

金缕衣[①]

杜秋娘

劝君莫惜[②]金缕衣,
劝君惜取少年时。
有花堪[③]折直须[④]折,
莫待[⑤]无花空折枝。

译文:

　　我劝你不要太注重追求功名利禄,要珍惜少年求学的最好时期。花开可以折取的时候就尽管去折,不要等到花谢时只折了个空枝。

注释:

　　①金缕衣:缀有金线的衣服,比喻荣华富贵。
　　②惜:珍惜。
　　③堪:可以,能够。
　　④直须:尽管。
　　⑤莫待:不要等到。

◇ 元 佚名 倚艇看鸿图

劝学

颜真卿

三更①灯火五更鸡②,
正是男儿读书时。
黑发③不知勤学早,
白首④方⑤悔读书迟。

译文:

每天三更半夜到鸡啼叫的时候,是男孩子们读书的最好时间。少年不知道早起勤奋学习,到老了后悔读书少就太迟了。

注释:

①三更:指夜间十二时左右,约当半夜。
②五更鸡:天快亮时,鸡啼叫。
③黑发:年少时期,指少年。
④白首:白头,这里指老年。
⑤方:才。

宋 刘松年 秋窗读书图

中秋月二首(其二)

李峤

圆魄上寒空，
皆言四海同。
安知千里外，
不有雨兼风？

译文：

夜空中升起一轮明月，都说每个地方都是一样的月色。哪里知道远在千里之外，就没有疾风暴雨呢？

注释：

①圆魄：指中秋圆月。
②安知：哪里知道。

浪淘沙词（其八）

刘禹锡

莫道谗言①如浪深，
莫言迁客②似沙沉。
千淘万漉③虽辛苦，
吹尽狂沙始到金。

译文：

不要说谗言如同凶恶的浪涛一样令人恐惧，也不要说被贬之人好像泥沙一样在水底埋沉。

要经过千遍万遍过滤，历尽千辛万苦，最终才能淘尽泥沙得到闪闪发光的黄金。

注释：

①谗言：毁谤的话。
②迁客：被贬职调往边远地方的官。
③漉：水慢慢地渗下。

明末清初 项圣谟 林泉高逸图

酬乐天扬州初逢席上见赠

刘禹锡

巴山楚水凄凉地，
二十三年弃置身。
怀旧空吟闻笛赋，
到乡翻似烂柯人。
沉舟侧畔千帆过，
病树前头万木春。
今日听君歌一曲，
暂凭杯酒长精神。

译文：

我被贬谪到巴山楚水这些荒凉的地区，度过了二十三年的光阴。

怀念旧友时便吟诵闻笛小赋，久谪归来，感到物是人非。

翻覆的船只旁仍有千千万万的帆船经过，枯萎树木的前面也有万千林木欣欣向荣。

今天听了你为我吟诵的诗篇，暂且借这一杯美酒振奋精神。

注释：

①酬：答谢，酬答，这里是指以诗相答的意思。

②乐天：指白居易，字乐天。

③巴山楚水：指四川、湖南、湖北一带。古时四川东部属于巴国，湖南北部和湖北等地属于楚国。刘禹锡被贬后，辗转于朗州、连州、夔州、和州等边远地区，这里用"巴山楚水"泛指这些地方。

④二十三年：从唐顺宗永贞元年（805年）刘禹锡被贬为连州刺史，至宝历二年（826年）冬应召，约二十二年。因被贬之地离京遥远，实际上，他第二年才能回到京城，所以说"二十三"年。

⑤弃置身：指遭受贬谪的诗人自己。弃置，贬谪。

⑥怀旧：怀念故友。

⑦吟：吟唱。

⑧闻笛赋：指西晋向秀的《思旧赋》。三国曹魏末年，向秀的朋友嵇康、吕安因不满司马氏篡权而被杀害。后来，向秀经过嵇康、吕安的旧居，听到有人吹笛，不禁悲从中来，于是作《思旧赋》。刘禹锡借用这个典故怀念已死去的王叔文、柳宗元等人。

⑨到：到达。

⑩翻似：倒好像。翻，副词，反而。

⑪烂柯人：指晋人王质。相传晋人王质上山砍柴，看见两个童子下棋，就停下观看。等棋局终了，手中的斧柄（"柯"）已经朽烂。回到村里，才知道已过了一百年，其同代人都已经亡故。作者以此典故表达自己遭贬二十三年的感慨。

⑫侧畔：旁边。

⑬长精神：振作精神。长，增长，振作。

◀ 清 罗牧 古木竹石图

鸟

白居易

谁道①群生②性命微③？
一般骨肉一般皮。
劝君莫④打枝头鸟，
子⑤在巢中望⑥母归。

译文：

谁说小鸟的生命微不足道？它们和人类一样有血有肉。劝你不要打枝头上的小鸟，幼鸟还在巢中盼望着母亲归来。

注释：

①道：说。
②群生：这里指小鸟。
③微：微不足道。
④莫：不要。
⑤子：幼鸟。
⑥望：盼望。

清 朱耷 花鸟图

白鹿洞二首（其一）

王贞白

读书不觉已春深[2],
一寸光阴一寸金。
不是道人[3]来引笑[4],
周情孔思[5]正追寻[6]。

译文：

　　专心读书，不知不觉已经到了暮春时节，一寸光阴就像一寸黄金一样珍贵。

　　如果不是道人来逗笑，我还在深入钻研周公和孔子的精义、教导呢。

注释：

①白鹿洞：在今江西省境内庐山五老峰南麓的后屏山之南。那里青山环抱，碧树成荫，十分幽静。它虽然名为"白鹿洞"，但是实际上并不是洞，而是山谷间的一块平地。
②春深：春末，晚春。
③道人：指白鹿洞的道人。
④引笑：逗笑，开玩笑。
⑤周情孔思：指周公和孔子的精义、教导。
⑥追寻：深入钻研。

清 杨晋 仿古山水图（局部）